W0383382

Michael Bittner

Wir trainieren für den Kapitalismus

Satiren, Kolumnen und andere Versuche

edition AZUR

Mein Widerstand

Seit die Welt in eine nimmer endende Krise gestürzt wurde, geschieht etwas Merkwürdiges: Von den Straßenplakaten grinst einem plötzlich überall wieder Karl Marx entgegen. Augenzwinkernd scheint er uns zu flüstern: »Seht ihr, ich hab's ja gesagt!« Der Geist des Kommunismus spukt wieder in Europa. Nicht wenige loben plötzlich auch wieder die Errungenschaften der DDR. Selbst die Bundeskanzlerin schämt sich nicht mehr ihres jugendlichen Einsatzes für die Freie Deutsche Jugend im real existierenden Sozialismus. Ich fühle mich verpflichtet, entschieden zu widersprechen, indem ich die Stationen meines Widerstandskampfes gegen den ostdeutschen Unrechtsstaat darlege.

Mein Weg in den Widerstand begann schon in der Kinderkrippe. Wie alle von ihren Müttern erbarmungslos ausgesetzten Säuglinge war ich dort dem Töpfchenzwang unterworfen. Wir wissen leider erst seit einigen Jahren, dass diese barbarische Praxis bei den Menschen im Osten die verschiedensten Krankheiten, darunter den Rechtsextremismus, verursacht hat. Ich spürte das damals offenbar schon instinktiv. Ich erinnere mich noch, wie ich einmal den Gang zum Topf bewusst verweigerte und passiven Widerstand im Gitterbett leistete. Auch die schlimmen Vorwürfe der Erzieherin konnten mir keine Reue in die Seele impfen. Ich wusste, dass alles richtig gelaufen war. Bei so einem Start ins Leben konnte natürlich nichts mehr seinen sozialistischen Gang gehen.

Im Kindergarten radikalisierte ich mich weiter. Hier übte der Überwachungsstaat seine Kontrolle schon konsequent aus. Es war nämlich verboten, nicht müde zu sein und den Mittagsschlaf zu verweigern. Die Aufseherin lief im Viertelstundentakt Patrouille und überprüfte den ordnungsgemäßen Verschluss der Augen. Mit heute kaum noch vorstellbarer Tollkühnheit wagte ich es jedoch, bei geschlossenen Lidern einfach wach zu bleiben. Ich muss zugeben, dass es noch mutigere Leidensgenossen gab. Die öffneten ihre Augen oder wagten sogar, mit ihrem Pritschennachbarn zu tuscheln. Die Haft in der Einzelzelle war die unweigerliche Folge. Aber verschwendeten jene Rebellen nicht mit diesem selbstmörderischen Trotz ihr junges Leben? Auch beim Widerstand muss Maß gehalten werden, diese Lektion lernte ich früh.

In der Schule verweigerte ich mich der kommunistischen Agitation. Nach einer Weile wurde ich in die »Arbeitsgemeinschaft Verkehrserziehung« delegiert. Dort landeten all diejenigen, die es versäumt hatten, sich für irgendeine andere freiwillige Aktivität zu verpflichten. Wir lernten nun also die Bedeutung von Straßenschildern und übten Vorfahrtsregeln auf dem Pausenhof. Der Höhepunkt des Kurses sollte der Besuch eines Volkspolizisten werden, der uns die Verkehrsregeln erklären wollte. Unsere Lehrerin musste mir vorher mehrmals das Versprechen abnehmen, dass ich den Genossen nicht in seiner Anwesenheit »Bulle« nennen würde. So tief war der Geist des Aufruhrs schon in mich eingedrungen, dass nur die Zensur mich noch zum Schweigen bringen konnte.

Der einzige Versuch, mich in die Parteimaschinerie einzuspannen, scheiterte kläglich. Als ich zum Gruppenratsvorsitzenden bestimmt wurde, ahnte niemand, dass ich das Amt nur angenommen hatte, um das System von innen aufzuweichen. Nach kurzer Zeit wurde ich wegen Faulheit meines Postens wieder enthoben. Doch hatte ich schon unermesslichen Schaden angerichtet. Wären nur alle Menschen so faul wie ich, die Diktatur hätte nie eine Chance gehabt. Denn die braucht immer fleißige Helfer. Aus Faulheit verweigerte ich später auch Jugendweihe, Konfirmation und Tanzschule.

Ich muss aber gestehen, dass ich doch einmal, schon lange nach der Wende, mit dem Kommunismus geliebäugelt habe. Wir saßen im Überschwang der Jugend in fremden Landen nachts an einem Lagerfeuer, als mir irgendein Freund Geld zurückgeben wollte, das ich gar nicht vermisste. Wir gerieten in Streit. Er bestand darauf, mir den Schein zu geben. Ich bestand darauf, ihn gar nicht haben zu wollen. Schließlich nahm ich ihn und warf ihn augenblicklich ins Feuer. Ein flammender Protest gegen eine Welt des Egoismus! Aber eigentlich doch ziemlich eigennützig, denn ich schielte natürlich hinüber zu einer jungen Frau, die ich mit solcherlei Blödsinn zu beeindrucken hoffte.

Heute sind wir glücklicherweise alle vernünftiger, auch ich. Wir haben den Kommunismus überwunden. Jetzt müssen wir nur noch lernen, den Kapitalismus zu lieben.

Kurze Geschichte der Liebe

Bevor wir uns trennten, waren wir eine Weile zusammen.

Ich würde gern sagen, dass es Liebe auf den ersten Blick war, aber eigentlich saß sie auf einer Party am Strand nur zufällig in meiner Nähe, als ich unter Alkoholeinfluss meine Theorie des modernen Nihilismus verbreitete. Sie setzte sich neben mich und dann redeten wir über den Welthunger, Zen-Buddhismus, Pornografie und Kafka. Widersprach ich ihr, wurde sie ärgerlich, noch ärgerlicher aber wurde sie, wenn ich ihr zustimmte. Wenn ich etwas Ernstes sagen wollte, lachte sie und sie wurde traurig, wenn ich einen Witz machte. Einige Stunden später bemerkten wir, dass wir zwei der Rest waren, den das Fest übrig gelassen hatte. Ich war schon überzeugt, ich hätte es in den Sand gesetzt, aber sie sagte, es habe ihr gefallen und wir müssten uns wiedersehen. Dann zog sie sich aus und sprang ins Wasser.

Obwohl keiner meiner Freunde sie näher kannte, erzählte man sich doch, sie sei schon mit allen halbwegs interessanten Typen zusammen gewesen, die in unserer Kleinstadt lebten. Sie hatte ein schönes Gesicht, das man nur selten sah, weil es meist hinter einem Vorhang von schwarzem Haar verborgen lag. Ich wartete Stunden darauf, dass dieser Vorhang einmal aufgezogen wurde und ein Lächeln zum Vorschein kam, das vielleicht mir galt. Es war mir ein Rätsel, warum sie sich gerade für mich interessierte: Sie kannte das Rezept für Haschkekse, ich trug eine Jacke, die mir meine Eltern zum Geburtstag geschenkt hatten.

Die einzige größere Leistung meines Lebens war es bis dahin gewesen, eine Flasche *Wilthener Goldkrone* auf ex getrunken zu haben. Vielleicht hält sie mich ja für eine Art Bukowski oder Hemingway, dachte ich und beschloss, ein Dichter zu werden. Ich musste meinen Alkoholismus ästhetisch sublimieren, um ihr Herz zu erobern. Ich fing an, Gedichte zu schreiben. Gelegentlich ging mir Gottfried Benn dabei ein wenig zur Hand. Sie sagte erst nichts, als ich ihr welche in die Hand drückte. Aber einige Tage später begann sie, mir Briefe zu schreiben, in denen sie jede Zeile kommentierte.

Irgendwann fuhren ihre Eltern übers Wochenende weg und sie schmiss eine Party. Sie hatte Unmengen von Nudeln gekocht. Während unsere Freunde sich den Bauch vollschlugen und sich betranken, betete ich, dass sie sich bald verpissten. Irgendwann nach Mitternacht waren wir dann endlich allein und als die Musik zu Ende war, wusste ich nicht mehr, was ich sagen sollte, also sagte ich: »Ich liebe Sie!« Sie nahm mich mit in ihr Zimmer unter dem Dach. Ich hatte schon im Biologieunterricht von der weiblichen Fetthaut gehört, war dann aber doch überrascht, wie weich Mädchen sich in Wirklichkeit anfühlen. In der Frühe fuhr ich betrunken mit dem Auto auf Umwegen zurück nach Hause. Zwei Füchse mussten sterben, weil ich eine Kassette noch zu Ende hören wollte.

Irgendwann lagen wir dann beide in einem kleinen Boot in der Mitte eines Sees. Ich verlor meine Uhr im Wasser, wir lagen auf den Wellen und ich dachte: Das ist jetzt das Glück. Wir schliefen ein und wachten auf, als es dunkel wurde, und ich dachte: War das jetzt das Glück? Wir lagen auf einer Wiese im blühenden Gras und küssten uns einen Vormittag lang. Als wir wieder aufstanden, hatte sie einen Hautausschlag. »Du bist wohl allergisch auf Liebe«, sagte ich und lachte. Sie lachte nicht. Ich fragte sie, was sie später einmal machen wolle. Sie sagte: »Ich weiß es nicht.« Ich sagte: »Dann haben wir ja dasselbe vor.«

Irgendwann beschloss sie, längere Zeit wegzufahren. Ich hatte nicht gefragt, ob ich mitkommen sollte, aber sie sagte mir trotzdem, dass sie jetzt allein sein müsse. Ich wartete lange auf einen Brief. Nach ein paar Wochen schrieb sie mir eine Postkarte, in der sie sagte, sie könne gerade nichts sagen. Ein Freund meinte: Frauen fahren allein weg, wenn sie sich trennen wollen. Ich sagte, das sei statistisch nicht erwiesen und er solle seine gottverdammte Schnauze halten. Als sie zurückkam, trafen wir uns an demselben Strand, an dem wir uns kennengelernt hatten. Wir saßen schweigend nebeneinander im Sand und ich dachte: Irgendwann wirst du dich an das hier erinnern wie an eine Geschichte, die du gelesen hast. Sie sagte, dass sie mich mögen würde. Es dauerte eine Weile, bis ich das verstand. Am Anfang wollte ich noch sterben, später nicht mehr. Man bekommt ein anderes Verhältnis zum Selbstmord, wenn man in den sechsten Stock zieht. Dann traf ich ein Mädchen, der immer die Haare ins Gesicht fielen, wenn sie lachte.

Wir waren eine Weile zusammen, bevor wir uns trennten.

Legende vom Türhüter

Kafka muss einmal ziemlich schlechte Erfahrungen mit einem Türsteher gemacht haben. Anders kann ich mir nicht erklären, warum er jene Geschichte schrieb, in der ein Türsteher einen Gast ein ganzes Leben lang draußen warten lässt. Wir müssen manchmal streng sein, keine Frage, aber eine solche Härte übersteigt doch alles Maß. Kafkas Geschichte kann doch nur dazu dienen, das Gewerbe der Türsteher in Misskredit zu bringen. Andererseits – ich kann seinen Frust verstehen. Es muss keiner denken, ich hätte kein Gefühl für die Ungerechtigkeiten, die sich da abspielen, nur weil ich selbst Türsteher bin. Ganz im Gegenteil.

Nie hätte ich mir in meiner Jugend träumen lassen, selbst einmal als Türsteher zu arbeiten. Diskotheken besuchte ich damals eher selten. Die Furcht davor, von den Riesen an der Tür nicht eingelassen zu werden, war einer der Gründe dafür. Wer an der Gesichtskontrolle scheiterte, musste den Spott der Freunde ertragen und konnte sich bestenfalls bei einem Bier an der Tankstelle trösten. Dort lernte man dann fünfzigjährige Berufstrinker kennen, die wohl in ihrer Jugend auch an der Tür gescheitert und dadurch auf die abschüssige Bahn geraten waren. Ließ man mich ins Innere der Diskothek, fühlte ich mich jedoch kaum besser, eher noch schlechter. Die Hoffnung, ein Mädchen kennenzulernen, indem ich schweigend an der Bar stand, die Tanzfläche beobachtete und im Takt mit dem Kopf nickte, zerschlug sich ein ums andere Mal. Am Ende betrank ich mich oft, bis ich meinen

Kopf auf eine Tischplatte legen musste. Einige Minuten später wurde ich von einem der Rausschmeißer geweckt, der wieder mit der Tür drohte: »Schlafen kannste woanders!« Nein, es gab kein Entkommen, nicht einmal in den Traum, das Vergnügen war hier Pflicht.

Immer öfter übernahm ich an Wochenenden die ungeliebte Rolle des Fahrers. Ich chauffierte meine Freunde zusammen mit wildfremden Begleitern zu den Diskotheken und Volksfesten der Umgebung. Anfangs versuchte ich noch, auch ohne Alkohol Spaß zu haben. Aber bald bemerkte ich, dass ein Schaf unter Wölfen sich nicht unwohler fühlen kann als ein Nüchterner unter Betrunkenen. Der Nüchterne wird von der Masse der Feiernden rasch als Fremdkörper erkannt und ausgeschieden wie ein Krankheitserreger. Es endete meist damit, dass ich mich unter einem Vorwand zum Auto zurückschlich und für den Rest des Abends darin einsperrte. Ab und zu schauten Kinder durchs Fenster, weil sie hofften, im halberleuchteten Auto ein Paar beim Liebesspiel beobachten zu können, aber sie wurden enttäuscht. Ich lag allein auf der Rückbank und las Kafka.

Ehrlich gesagt habe ich den Job als Türsteher allein meinem Freund Daniel zu verdanken. Daniel hatte einige Schuljahre lang neben mir gesessen, auch später hatten wir einander nie aus den Augen verloren. Ich ließ ihn damals im Unterricht immer abschreiben, ohne mich auch nur eine Sekunde zum Schein zu sträuben, wie es die Streber gern taten, um ihre Macht zu genießen oder Gegenleistungen einzufordern. Daniel hatte es trotzdem nicht bis zum Abitur geschafft und wechselte die Schule. Er war es, der mir die Anstellung als Türsteher vermittelte, nachdem ich ihm erzählt hatte, dass ich dringend Geld für mein Studium brauchte. Ich saß damals nämlich schon an meiner großen Arbeit über Kafka, die bis heute kein Ende nehmen will, obwohl schon hunderte Seiten in der unsichtbaren Schublade meines Rechners liegen.

Daniel arbeitete schon länger gelegentlich als Türsteher und stellte mich seinem Chef vor, einem in die Jahre gekommenen

DJ namens Ralf, dessen schnauzbärtiges Gesicht wie das eines Elektrikers anmutete. Er beäugte mich skeptisch, man sah, dass er mich wohl für zu schmächtig hielt. Aber Daniel erklärte ihm, ich hätte einschlägige Erfahrung und beherrschte eine seltene ostasiatische Kampfsportart bis zur Perfektion.

»Wie heißt die denn?«, fragte mich der Chef.

»Pseu-Do«, antwortete ich und Ralf nickte anerkennend mit dem Kopf.

»Mach dir keine Sorgen!«, beruhigte mich Daniel, bevor ich mich mit meinem Vertrag auf den Heimweg machte. »Ich sorge dafür, dass wir immer nur zusammen Dienst schieben. Sollte es wirklich einmal Stress geben, dann kümmere ich mich darum.«

Am Wochenende standen wir von da an oft zusammen vorm *Remmi Demmi*, einer Großraumdiskothek im Plattenbauviertel am Rande der Stadt. Daniels Prophezeiung erwies sich als richtig, so gut wie nie hatten wir ernsthafte Probleme. Das *Remmi Demmi* wurde fast ausschließlich von Teenagern frequentiert. Die machten zwar oft Ärger, aber ein paar laute Worte und strenge Blicke ließen die aufmüpfigen Jungs schnell zusammenschrumpfen. Es genügte meist, sie daran zu erinnern, dass die Polizei demnächst bei ihrer Mutti klingeln könnte. Die älteren Herren, die gelegentlich auftauchten, waren noch harmloser: Sie setzen sich in der Hoffnung auf die Bekanntschaft junger Mädchen an die Bar und gaben immer reichlich Getränke aus, wurden aber meist nur abgezogen und verloren ihre Investition ohne sexuelle Gegenleistung. Daniel machte oft Witze über diese verzweifelten Gestalten, ich lachte mit, fühlte aber eigentlich Mitleid, denn ich wusste, dass mein eigenes Leben von dem ihren nicht allzu weit entfernt war. So lange ich denken kann, ist meine Liebe immer nur von Büchern, nie aber von Mädchen erwidert worden. Meine Mutter warnte mich schon, das viele Lesen werde mir die Augen verderben. Ich aber las heimlich nachts unter der Bettdecke. Die Furcht davor, eines Tages blind zu erwachen, nahm ich in Kauf.

Am Einlass des *Remmi Demmi* hatten wir wenig mehr zu tun, als das Alter zu kontrollieren und die Kinder wegzuschicken, die versuchten, mit dem Ausweis ihres großen Bruders reinzukommen. Gab es oben Stress, dann drückte eine der Frauen an der Bar auf den Alarmknopf. Wir liefen hoch und trieben die zwei Jungs, die sich gern prügeln wollten, vor die Tür. Was dort draußen passierte, ging uns nichts mehr an. Nur wenn es blutig wurde, riefen wir die Polizei. Meistens ging es um Mädchen, die angeblich falsch angeschaut worden waren oder gerade den Besitzer wechselten. Es gab kleine Biester, die bei den Schlägereien die Kontrahenten noch kreischend anfeuerten, als hätten sie Geld beim Hahnenkampf gesetzt. Diese Erlebnisse haben mein Verhältnis zu Frauen nicht gerade entspannt.

Der Job als Türsteher war gewiss kein Traum, aber verglichen mit dem Ort, an dem ich mich jetzt befinde, kommt mir jene Zeit paradiesisch vor. Betrachtet man den Sachverhalt nüchtern, dann kann es keinen Zweifel daran geben, dass der Beruf ideal für mich ist: Er erlaubt es, Diskotheken zu besuchen ohne sich amüsieren zu müssen. Mehr noch: Man wird sogar dafür bezahlt, gelangweilt und schlecht gelaunt vor der Tür herumzustehen, eine Tätigkeit, bei der niemand mehr Erfahrung aufzuweisen hat als ich. Vielleicht wäre alles so geblieben, wie es war, hätte ich nicht an einem Freitagnachmittag einen Anruf unseres Chefs bekommen, der mir mitteilte, Daniel sei mit seinem Auto tödlich verunglückt. Ralf versicherte, er traue mir zu, den Job an der Tür heute Abend ausnahmsweise allein zu machen. Um einen neuen Kollegen werde er sich so schnell wie möglich kümmern. Sollte es Probleme geben, könne ich ihn im Büro anrufen und er käme herunter. Ich legte auf und setzte mich nachdenklich aufs Bett. Ich überlegte, was ich tun konnte – einen Beileidsbrief an Daniels Eltern schreiben vielleicht. Aber mir fielen keine Worte ein, die in irgendeiner Weise hilfreich gewesen wären. Hätte man von mir verlangt, bei der Beerdigung eine Grabrede zu halten, ich hätte nichts sagen können als »Liebe Eltern, liebe Angehörige, liebe Freunde: Dieser sinnlose Tod ist für mich nur ein weiterer Beleg dafür, dass es keinen Trost und keinen Gott gibt.«

Ich hätte mich unter diesen Umständen nicht abends vor die Diskothek stellen sollen, als wäre nichts geschehen, keine Frage. Aber damals spürte ich eine Art Verpflichtung dazu. Nie kamen mir die Menschen, denen ich Einlass gewährte, widerwärtiger vor als an diesem Abend. Diese Gesichter voll Ausschlag, diese Milchbärte und ihr bauchfreier Anhang machten mich traurig und wütend zugleich. Der Geruch von Sportsocken und Duftbäumen, von Feigenlikör und Haargel brachte mich um den Verstand.

»Ich kann dir jetzt den Eintritt nicht gewähren«, sagte ich zu einem Typen, dessen Visage mir besonders unangenehm war. Man sah auf den ersten Blick, dass er einer jener jungen Männer vom Lande war, die am Wochenende mit ihren nach Mist stinkenden Kleinwagen unsere Stadt heimsuchten, um sich die Kante zu geben.

Der Typ blieb überrascht stehen und starrte mich an: »Muss ich jetzt warten oder was? Kann ich dann später rein oder wie?«

»Es ist möglich«, erwiderte ich, »jetzt aber nicht.«

Ich trat einen Schritt beiseite, um dem Mann vom Lande die Sicht ins Innere freizumachen. Ich freute mich an dem neugierigen und ungeduldigen Blick, mit dem er nach dem Glanz spähte, der aus dem Inneren drang.

»Wenn es dich so lockt, versuche es doch, trotz meines Verbotes hineinzugehn«, sagte ich. »Merke aber: Ich bin mächtig. Und ich bin nur der unterste Türhüter. Von Saal zu Saal stehn aber Türhüter, einer mächtiger als der andere. Schon den Anblick des dritten kann nicht einmal ich mehr ertragen.«

Er schaute mich jetzt verwirrt an.

»Pass auf, ich will bloß in die Disko. Es gibt keinen Grund, mir gleich mit deinen Kollegen zu drohen. Ich will keinen Ärger, sondern bloß ein bisschen feiern, okay? Ich warte einfach schön hier, bis ich rein darf. Einverstanden?«

Ich reichte dem Mann einen Schemel und bot ihm an, sich zu setzen. Dann ließ ich die anderen Wartenden ins Innere. Der Kerl sah sich das keine Minute mit an und sprang wieder auf.

»Kannst du mir vielleicht sagen, wieso du die alle reinlässt und mich nicht? Was soll das? Gefällt dir mein Gesicht nicht? Sehe ich aus, als hätte ich Flöhe?«

»Darf ich fragen, aus welcher Stadt du stammst?«

»Aus Elsterwerda. Aber was fragst du mich so einen Scheiß? Kann ich jetzt bitte einfach rein?«

»Ich kann dich jetzt noch nicht einlassen«, sagte ich.

»Verflucht noch mal, ich drehe hier durch mit diesem Typen!«, schrie der Mann vom Lande und wandte sich wieder an die Umstehenden, die anfingen, sich mit ihm zu verbrüdern.

»Pass auf, ich versuche es noch einmal im Guten«, sprach er mich wieder an. »Hier haste einen Zehner, den steckst du schön ein, dann lässt du mich rein und wir bleiben Freunde!«

Ich nahm den Geldschein und schob ihn in meine Hosentasche.

»Ich nehme es nur an, damit du nicht glaubst, etwas versäumt zu haben.«

Der Mann vom Land rannte vor Wut im Kreis.

»Wenn ich nicht auf Bewährung draußen wäre«, brüllte er, »dann hätte ich den Typen hier schon lange platt gemacht!«

Er stürzte auf mich zu und fasste mich am Kragen, angefeuert von den Leuten, die sich um uns versammelt hatten.

»Was willst du denn jetzt noch wissen?«, fragte ich ruhig. »Du bist unersättlich.«

»Pass auf, ich bin nicht der Einzige, der hier wartet!«, brüllte er. »Wenn du uns nicht sofort alle reinlässt, dann geschieht hier ein Unglück!«

»Dieser Eingang war nur für dich bestimmt«, flüsterte ich. »Ich gehe jetzt und schließe ihn.«

Noch bevor ich den Satz beendet hatte, spürte ich eine Faust im Gesicht. Ich stolperte unter dem Gelächter der Umstehenden, stürzte und lag regungslos auf dem Boden. Die Wartenden stürmten auf einmal wie auf ein Kommando ins Innere. Es kam mir vor, als trampelte die ganze Welt über mich hinweg. Und ich genoss jeden einzelnen Fußtritt.

Von Schnecken und Menschen

Wer erfahren will, warum der Kommunismus gescheitert ist, muss nur einmal Kinder beim Streit um Eigentumsverhältnisse beobachten: »Das ist meins!« – »Nein, das ist meine!« – »Gar nicht wahr, das gehört schon immer mir!« – »Ätsch, jetzt hab ich's aber!« Und so geht das weiter, bis einer heult. Kinder, die sich noch nicht allein die Schuhe zubinden oder den Arsch abwischen können, glauben doch schon ganz genau zu wissen, was ihnen gehört. Und das ist prinzipiell erst einmal: alles. Die Natur scheint schon die Kleinsten mit dem Gefühl ausgestattet zu haben, dass jedes Ding einen Besitzer benötigt. Sie hat ihnen aber die Einsicht vorenthalten, dass nicht alle Dinge einem allein gehören können. Ein höheres Wesen muss einschreiten und die Streitfälle schlichten. Das ist niemand anders als die Mutti: »Teilt euch das gefälligst! Spielt zusammen damit! Schluss, ich will nichts mehr hören!«

Der kindische Wunsch nach Besitz kann von geschickten Muttis aber auch zur Erziehung eingesetzt werden. »Wenn du jetzt schön dein Zimmer aufräumst, dann gibt es nachher Schokolade!« Eine solche Taktik sorgt nicht nur für mehr Disziplin, sondern feuert auch früh den Erwerbstrieb der Kleinen an und macht sie mit den Regeln der Lohnarbeit vertraut. Erst der Schweiß, dann der Genuss. Die Belohnung darf natürlich nicht zu großzügig ausfallen. Bis zur nächsten Aufgabe muss sie aufgebraucht sein, damit die Motivation nicht flöten geht. Bei

Kindern, die sich einbilden, die Früchte der Erde stünden ihnen umsonst zu, muss die gute Mutti hart bleiben: Wer nicht arbeiten will, soll auch nicht essen. Nicht einmal das Taschengeld sollte als bedingungsloses Grundeinkommen ausgezahlt werden.

Es geschah einmal, dass es bei uns im Hinterhof unbändig plärrte. Ich schaute aus dem Küchenfenster. Was da wie am Spieß schrie, war ein kleines Mädchen, das mit ihrer kaum älteren Schwester haderte: »Das sind MEINE Schnecken!« Ein Streit um Schnecken also? Kinder können sich wirklich um alles streiten, um Dinge selbst, die jedem vernünftigen Erwachsenen gleichgültig sind. Es würde einen nicht verwundern, Kinder um einen Popel zanken zu sehen. Ich erinnerte mich dann aber daran, dass auch ich mich in meiner Kinderzeit oft um Schnecken stritt. Auf dem Dorf, wo bekanntermaßen ohnehin alles etwas langsamer als anderswo vor sich geht, waren Schnecken nämlich unsere Rennpferde.

Im Garten begaben wir Kinder uns zunächst auf die Jagd nach sportlichen Talenten: Wir folgten den Schleimspuren auf dem Boden, pflückten die Schnecken von den schattigen Unterseiten der Blätter. Keine entkam uns, so schnell sie auch zu flüchten versuchten. Die Jungs wählten meist die athletischen Weinbergschnecken, während die Mädchen sich für die hübschen Bänderschnecken mit ihren farbigen Häusern entschieden. Vor dem Einsatz von Nacktschnecken scheuten aber alle zurück. Dass die Sportler bei den antiken Olympischen Spielen auch unbekleidet an den Start gegangen waren, erfuhren wir erst später.

Mit Sandkörnern markierten wir auf Beton eine Rennbahn. Gleichzeitig setzte jeder seine Rennschnecke an den Start, letzte Wetten wurden angenommen, der Schuss einer Zündplättchenpistole erklang, der Wettlauf war eröffnet. Die Tiere zeigten sich vom Startsignal meist wenig beeindruckt. Langsam fuhren sie ihre Fühler aus, stießen sie dabei ihren Nachbarn an, flüchteten sie gleich wieder zurück ins sichere Eigenheim. Nach einer gefühlten Ewigkeit machten sich die ersten Schnecken auf den Weg, kreuzten auf der Rennbahn hin und her, ohne Sinn für den kürzesten Weg. Der Siegeswille der Schnecke ist sehr schwach ausgeprägt. Mehr als einmal musste jeder sein Tier umdrehen und wieder auf die richtige Fährte setzen, nachdem es sich glatt in die verkehrte Richtung aufgemacht hatte. Man muss überhaupt zugeben, dass Schnecken nicht die idealen Sprinter sind. Aber wie schnell wäre denn ein Pferd, das auf der Rennbahn noch seinen Stall auf dem Rücken tragen müsste?

Irgendwann überquerte schließlich doch irgendeine Schnecke mehr zufällig die Ziellinie. Ihr Jockey freute sich unbändig, die Siegerin selbst nahm ihren Triumph eher gleichgültig hin. Stoisch begann sie, an dem frischen Salatblatt zu knabbern, das wir ihr zur Belohnung hinlegten. Sie hätte wohl anders gedacht, wäre ihr das Schicksal der Verlierer bewusst gewesen. Jene Schnecken, die sich dem Wettbewerb nicht gewachsen gezeigt hatten, warfen wir Kinder nämlich allesamt übern Zaun ins Hühnergehege. Die Vögel eilten herbei und pickten eifrig. Es mag grausam erscheinen, wie wir damals das Gesetz der natürlichen Auslese in die eigene Hand nahmen. Aber wir waren jung und trainierten für den Kapitalismus.

Arbeit

Ich habe in meinem Leben bisher zwei Wochen gearbeitet. Es ist nicht so, dass ich nichts täte. Ich verbringe meine Tage vor einem Bildschirm und quäle mit meinen Fingern eine Tastatur. Die meisten Menschen würden das schon Arbeit nennen und zögen ein Leben als Galeerensklave oder Mitarbeiter im Call-Center meinem Tagewerk sicher vor. Schon Max Goldt sagt irgendwo: Als Sohn der Arbeiterklasse kann man eine geistige Tätigkeit nicht als richtige Arbeit begreifen. Richtige Arbeit, das ist etwas, wobei man schwitzt, schmutzig wird und lernt, Bierflaschen mit den Zähnen zu öffnen.

Ein Dresdner Kleinunternehmer bezeichnete mich einmal als Menschen, »der grundsätzlich immer nach dem kompletten Gegenteil von Arbeit aussieht.« Ich muss diese Einschätzung hinnehmen. Es ist sicherlich auch kein Zufall, dass ich mich noch heute an den Text meiner schriftlichen Abiturprüfung im Fach Englisch erinnere. Wir mussten uns mit einem Aufsatz von Aldous Huxley beschäftigen, in dem es heißt: »Wie jeder vernünftige und empfindsame Mensch verabscheue ich Arbeit.« Ich habe diese Weisheit verinnerlicht und bin deshalb trotz mehrjährigen Werkunterrichts noch heute damit überfordert zu schweißen oder zu hobeln.

Meine zwei Wochen Lebensarbeitszeit verdanke ich ebenfalls der Schule. In der achten oder neunten Klasse wurden wir verpflichtet, zwei Wochen lang ein Praktikum im Berufsleben zu absolvieren. Ich war damals außerordentlich schüchtern.

Um nichts in der Welt hätte ich es gewagt, allein in einer Firma um Beschäftigung zu bitten. Also fragte ich meinen Vater, ob ich nicht zwei Wochen mit ihm zusammen arbeiten könnte, dabei hatte ich gar keine Ahnung, was er eigentlich den ganzen Tag lang machte. Ich wusste nur, dass er Maurer war, für die Gemeindeverwaltung unseres Dorfes arbeitete und im Winter um vier Uhr morgens aufstehen musste, um den Ofen des Kindergartens zu heizen.

An meinem ersten Arbeitstag stand ich im Büro des Gemeindeamtes, schaute auf den Boden und wartete. Die zwei Sekretärinnen kicherten, schlürften Kaffee und brachten ihre Schreibmaschinen zum Tanzen. Ab und zu stellten sie mir neugierige Fragen, auf die ich abwechselnd den Kopf schüttelte oder nickte. Endlich kam mein Vater aus dem Büro des Bürgermeisters, der ihm die Aufträge des Tages übergeben hatte. Die beiden Frauen lachten vergnügt, noch bevor er den ersten Witz gemacht hatte.

»Sag mal, das soll dein Sohn sein?«, lachte eine der beiden. »Der ist ja ganz schüchtern!«

»Vielleicht war ich ja auch mal so!«, sagte mein Vater und nahm mich mit nach draußen.

In einem Schuppen hatte er seinen Arbeitsplatz eingerichtet. An den Wänden hingen, säuberlich geordnet, Sägen und Feilen, Hämmer und Bohrer in allen Formen und Größen. Neben einem kleinen Fenster prangte ein Schild mit der Aufschrift: »Ich bin hier auf der Arbeit und nicht auf der Flucht!« Mein Vater packte einen Koffer mit Werkzeugen zusammen, dann gingen wir hinüber zu einer Garage, in der ein Pick-up wartete. Wir stiegen ein und fuhren los.

Bald begriff ich, wieso mein Vater Freude daran hatte, jeden Morgen zur Arbeit aufzubrechen. Er war für alle Dinge in den umliegenden Dörfern zuständig, die sich in öffentlichem Besitz befanden und kaputt gingen. Wir patrouillierten in unserem Wagen wie Sheriffs, immer auf der Suche nach undichten Dächern, zerborstenen Mülleimern und eingetretenen Türen. Die Passanten am Straßenrand winkten, wenn wir vorüberfuhren, die Autos salutierten mit Lichthupe, die Mieter der Gemeindewohnungen begrüßten uns mit Kaffee an der Haustür. Mein Vater schien sämtliche Einwohner persönlich zu kennen und wusste mit jedem einige freundliche Worte zu wechseln. Erst nachdem wir wieder im Auto saßen, erklärte er mir, ob der Mensch, den wir gerade getroffen hatten, ein Vollidiot oder eigentlich ganz in Ordnung war. Es war merkwürdig, meinen Vater bei der Arbeit zu beobachten. Er führte ein Leben, von dem ich bis dahin keine Ahnung gehabt hatte. Ich begriff, dass die Menschen, die ich kannte, auch dann existierten, wenn ich sie gerade nicht sehen konnte.

Dass Arbeit nicht nur der freudvollen Selbstverwirklichung dient, begriff ich dann am Morgen des zweiten Tages. Eine ältere Frau erläuterte uns die Fehlfunktion ihrer Toilette. Bald stellte sich heraus, dass jemand das verstopfte Zugangsrohr einer Klärgrube reinigen musste. Und jemand, das waren in diesem Falle leider wir. Neben uns stand während der Arbeit der Dorftrottel und stellte neugierig Fragen:

»Das ist bestimmt ganz schön anstrengend mit der Scheiße hier, was? Das macht bestimmt keinen Spaß mit der Scheiße hier, was? Das ist bestimmt scheiße mit der Scheiße hier, was?«

Die Scheiße war nicht halb so unangenehm wie die beschissenen Fragen danach, ob sie unangenehm sei. Glücklicherweise kam ein Junge aus meiner Klasse herüber, der seinen Arbeitseinsatz ein paar hundert Meter entfernt an einer Autowaschanlage absolvierte.

»Wir können echt froh sein, dass wir nicht beim Bäcker gefragt haben«, sagte er. »Da musst du vorher in einen Becher scheißen.«

Dann spotteten wir gemeinsam über die Weicheier und Mädchen, die ihr Praktikum in geheizten Büros verbrachten, beklagten die Entbehrungen des Berufslebens und spekulierten über unsere Karriereaussichten.

Am häufigsten fuhren mein Vater und ich zur Schule des Dorfes, die ich selbst noch vor einer Weile besucht hatte. Mein

Vater reparierte hier nachmittags die Möbel, die die Kinder vormittags zerstörten. Ich ging inzwischen auf das Gymnasium in der Stadt. Ich betrachtete die Grundschüler mit Mitleid: Wie wenig wussten diese Kinder vom Ernst des Lebens! Unbeschwert tollten sie über den Pausenhof, tranken *Capri-Sonne* und kippelten Stühle kaputt. Hatten sie überhaupt eine Ahnung, wer dafür sorgte, dass sie hier lernen konnten? Einige Jahrhunderte zuvor war ich ja selbst noch so ahnungslos gewesen. Vielleicht hatte ich damals, so fiel mir jetzt mit Schrecken ein, selbst einmal einen Stuhl in seine Einzelteile zerlegt, die mein Vater anschließend wieder zusammensetzen musste. Ich flüchtete in unser Auto, als einige Drittklässler damit drohten, mich mit Kieselsteinen zu bewerfen.

In der zweiten Woche konnte ich mich kaum mehr erinnern, jemals etwas anderes als Arbeit im Leben kennengelernt zu haben. Die Schulzeit lag hinter mir in fernster Vergangenheit, ich war nun ein Proletarier, der sein Brot im Schweiße des Angesichts verdiente. Bald wurden mir auch Arbeiten übertragen, die ich in Eigenverantwortung zu erledigen hatte. Mein Vater stellte mich vor eine Wand, gab mir einen Hammer in die Hand und zeigte mir, wie man damit den Putz von der Wand klopfte. Einen ganzen Tag lag klopfte ich nun mit großem Eifer. Ich setzte mir selbst Ziele, nahm mir vor, eine bestimmte Fläche in einer bestimmten Zeit zu schaffen, ich klopfte mit mir selbst um die Wette. Am Abend hatte ich die Hälfte der Wand von ihrem Putz befreit und betrachtete sie voller Stolz. Ich war erfüllt von Genugtuung und glaubte begriffen zu haben, welche Befriedigung Arbeit bereiten kann. Am nächsten Morgen wollte ich mit demselben Elan ans Werk gehen, aber schon nach einigen Minuten ermüdete mich das monotone Hämmern. Ich schaute verzweifelt auf die riesige Fläche, die noch auf mich wartete. Anstatt zu hämmern, rechnete ich aus, wie viele Hammerschläge ich noch brauchen würde, um endlich fertig zu werden. Der Weg war nicht länger das Ziel. Und jetzt, wo ich vom Weg aufblickte, sah ich erst, wie weit das Ziel noch entfernt lag. Aber es kam noch schlimmer: Das Ziel selbst kam mir jetzt gar nicht mehr so erstrebenswert vor. War es nicht völlig egal, was mit dieser Wand hier passierte? Der Wand konnte es nicht gleichgültiger sein als mir selbst. War nicht alle Arbeit vergebens? Ich entfernte den Putz von der Wand, ein anderer würde sie neu verputzen, bevor ein dritter den Putz wieder herunterklopfen musste. Zum ersten Mal überkam mich das Gefühl der kosmischen Sinnlosigkeit allen Daseins. Die Passanten sahen nur einen Teenager, der mit einem zu großen Hammer auf eine Wand klopfte.

Am Abend hatte ich nicht einmal die Hälfte der zweiten Hälfte geschafft. Ich ging frustriert nach Hause. War dies das Leben, das ich mir erträumte: aufstehen, arbeiten, essen, fernsehen, schlafen, aufstehen, arbeiten, essen, fernsehen, schlafen? In diesen Tagen begann meine Suche nach einer Tätigkeit, die mir nicht das Gefühl gibt, mein Leben zu verschwenden. Ich habe sie bis heute nicht gefunden.

An einem der letzten Tage meines Praktikums stand ich kurz nach Feierabend mit meinem Vater vor der Werkstatt. Wir unterhielten uns darüber, welche Arbeiten in der nächsten Woche anstanden, und planten, wie sie am besten zu erledigen waren. Da fiel mir plötzlich ein, dass ja schon am Freitag mein letzter Arbeitstag sein würde.

»Aber nächste Woche bin ich ja schon nicht mehr hier«, sagte ich und bereute noch im gleichen Augenblick, dass ich nicht geschwiegen hatte.

»Ach ja«, sagte mein Vater, so als wäre er gerade aus einem Traum erwacht. »Das hatte ich ganz vergessen.«

Wieso ich kein Informatiker geworden bin

Mit Erstaunen bemerke ich, dass seit einigen Jahren der Verkaufsstart von neuen Computermodellen zu einem Hauptthema in den Nachrichten avanciert ist. Die technischen Finessen, von denen da berichtet wird, sagen mir leider gar nichts. Dabei bin ich kein Technikfeind. Ich besitze einen Computer. Ich weiß, wie man ihn ein- und wieder ausschaltet, wie man Zugriff auf das Internet erhält, E-Mails empfängt und verschickt, und wie man Texte mit dem Rechner schreiben und drucken kann. Mehr brauche ich nicht.

Kaum zu glauben, dass ich selbst als Teenager eine Zeit lang auf dem besten Weg zum Computerfreak war. Alles fing damit an, dass meine Eltern mir einen kleinen Lerncomputer schenkten. Sein Name lautete *Genius Leader*. Er war etwa so groß wie eine Schreibmaschine, hatte einen schmalen LCD-Bildschirm und funktionierte mit Batterien so dick wie Handgranaten. Die Spiele, die der kleine Rechner drauf hatte, mussten ohne Grafiken auskommen und dienten ausschließlich dem Lernen: Man sollte Rechenaufgaben lösen, Quizfragen beantworten oder sich im Bedienen der Schreibmaschinentastatur üben. Besonders spannend aber fand ich etwas anderes: Man konnte nämlich mit Hilfe der Programmiersprache *BASIC* eigene kleine Programme basteln. Im Handbuch gab es einen gedruckten Grundkurs dazu, den ich eifrig studierte. So drehte ich den Spieß um: Ich befolgte nicht mehr die Befehle des Computers, sondern gab ihm selbst welche. Nur manchmal wehrte er sich noch mit Fehlermeldungen. Am wichtigsten wurde für mich der Zufallsgenerator, mit dem man ein wenig kreatives Chaos in die mathematische Ordnung bringen konnte. Ich bastelte ein Programm, das aus vorgegebenen Wörtern zufällige Sätze kombinierte. Dann zwang ich meine Freunde, die Eingabetaste zu drücken, worauf diese Köstlichkeiten zu sehen bekamen wie: »Deine Mutter – furzt – jeden Dienstag – für Geld – im Altersheim.«

Vom Weg des Genies abgelenkt wurde ich für eine Weile durch eine ganz gewöhnliche Spielkonsole namens *Sega Master System*. Man schloss sie an den Fernseher an und ließ mit einer Fernsteuerung einen kleinen Igel durch bunte Welten hüpfen und rennen. Selber gestalten konnte man hier nichts, wurde aber entschädigt durch Grafiken in saftiger Farbe und Melodien, die mir noch heute ab und zu durchs Gehirn geistern. Auf die Dauer führte aber kein Weg an dem vorbei, was der Gruppenzwang verlangte: Ich brauchte einen eigenen Computer! Und ich bekam schließlich einen sogenannten 386er. Dieser Rechner verhält sich zu heutigen Computern wohl so wie ein Faustkeil zum Elektronenmikroskop. Programme befanden sich auf kleinen Kunststoffscheiben in quadratischen Plastikgehäusen, die man Disketten nannte. Ein Computerspiel verteilte sich oft auf sieben solcher Disketten, die man immer an den spannendsten Stellen wechseln musste. Und stets stürzte der Rechner ab, wenn man vergessen hatte, den Zwischenstand zu speichern. Für mich eröffnete der Computer dennoch ganz neue Welten.

Ein Freund, mit dem ich sonst ganze Tage lang ununterbrochen *Die Siedler* spielte, steckte mir eines Tages mit verschwörerischem Zwinkern eine schwarze Diskette ohne Beschriftung zu. Auf ihr befinde sich, so flüsterte er, ein echter Sexfilm. Mit zitternder Hand führte ich die Diskette zu Hause in meinen Rechner ein und startete die einsame Datei, die sich auf ihr befand. Ein kleines Fenster erschien auf dem Bildschirm und ein Schwarzweißfilm, der ungefähr zweieinhalb Sekunden dauerte, lief in Endlosschleife ab. Mit etwas Fantasie konnte man Körperteile erkennen, die sich rhythmisch bewegten. Ich schaltete ab und ließ die Diskette auf Nimmerwiedersehen verschwinden. Wenn das Sex war, wollte ich nichts damit zu tun haben.

Auch in der Schule erhielten wir jetzt Unterricht in Informatik. Die gutmütige Lehrerin machte kein Geheimnis daraus, dass sie auf diesem neuen Feld des Wissens ebenso Lehrende wie Lernende war. Die Informatik gehörte damals noch zu jenen Fächern, die weder von den Lehrern noch von den Schülern richtig ernst genommen wurden. Wie in Werken, Gemeinschaftskunde oder Musik herrschte ein Nichtangriffspakt: Wer keinen Blödsinn anstellte, bekam am Jahresende auch bei offenkundiger Unfähigkeit seine Zwei. Besonders die Mädchen waren sich sicher, dass sie nie im Leben etwas mit Computern zu tun haben würden. Auf dem Platz neben mir saß die Klassenschönste und ließ sich alle Aufgaben von mir erledigen. Während ich ihr beflissen eine Datenbank für das Verschicken von Serienbriefen einrichtete, quatschte sie mit dem Typen, der seit Neuestem mit einem Moped zur Schule kam. War der Unterrichtsstoff einer Stunde durchgenommen, ließ uns die Lehrerin bis zum Klingeln dann noch ein bisschen *Prince of Persia* spielen.

Nicht nur den Unterricht, selbst meine Freizeit nutzte ich dazu, noch eine weitere Programmiersprache namens *Turbo Pascal* zu erlernen. Ich gelangte immerhin so weit, dass ich Farben und Formen auf dem Bildschirm erscheinen lassen konnte. Zum Schuljahresende programmierte ich als Meisterstück eine Version des Kartenspiels Black Jack, bei der man gegen den Computer antrat. Wer gewann, erhielt Glückwünsche, wer verlor, sah hingegen die Zeile: »Sie haben schändlichst versagt!« Die Jungs waren begeistert, unserer Lehrerin fand anerkennende Worte. Als ich aber der Klassenschönsten stolz mein geniales Werk vorführte, erntete ich bloß mitleidiges Gähnen. Da dämmerte mir, dass Informatik wohl nicht das Feld war, auf dem man die Schlacht um die Herzen der Frauen gewann. Die *Bravo* zeigte es ja: Nur Sportler und Popstars waren dazu in der Lage. Da meine athletischen Leistungen zu wünschen übrig ließen, warf ich mich von nun an ins Feld der Kunst. So sagte ich der Informatik für immer Lebewohl.

Vor einer Weile hörte ich nun, dass der verstorbene *Apple*-Gründer Steve Jobs durch ein Poster in der *Bravo* verewigt wurde. Alle deutschen Mädchen haben sich jetzt also seufzend das Bild eines Informatikers übers Bett gehängt? Aber: Der musste auch erst sterben, bevor er das noch erleben durfte.

Der Stein der Weisen

In meiner Jugend pflegte ich die merkwürdigsten Leidenschaften. Glücklicherweise waren alle nicht von langer Dauer und verschwanden ohne größere Folgeschäden wieder. So schaute ich mir zum Beispiel einige Monate lang leidenschaftlich gern die Berichterstattung von der Frankfurter Aktienbörse an. Heute ertrage ich den Anblick kaum noch einige Sekunden, aber damals konnte ich Stunden vor dem Bildschirm verbringen. Es ist wie mit einer alten Liebe: Irgendwann versteht man nicht mehr, wie man sich je auch nur für sie interessieren konnte. Damals aber verfolgte ich aufmerksam den unberechenbaren Verlauf der Kurse und drückte meinen Lieblingsunternehmen die Daumen.

Eines Tages eröffnete uns unser Deutschlehrer einen Plan: Wir sollten uns im Kapitalismus üben, indem wir fiktives Geld auf Aktien setzten. Freiwillig übernahm ich die Verwaltung dieses Börsenspiels und berechnete nach dem tatsächlichen Verlauf der Aktienkurse den Stand der virtuellen Konten meiner Mitschüler. Die Begeisterung der anderen für diese Erziehungsmaßnahme hielt sich in Grenzen. Die ostdeutschen Proletarierkinder verspürten wenig Lust, sich spielerisch die Marktwirtschaft beibringen zu lassen. Gewonnen hat am Ende damals der Lehrer selbst: Er hatte die geniale Idee, im Jahr einer Fußballweltmeisterschaft sein gesamtes Kapital auf *Adidas* zu setzen.

Ein junger naiver Zuschauer wie ich ließ sich vom Bild des Frankfurter Aktienmarktes natürlich leicht blenden: Lauter

Männer in teuren Anzügen tummelten sich in einem riesigen Saal. Ringsum blinkten geheimnisvolle Monitore, über die unverständliche Zahlenkolonnen marschierten. Vom Parkett erhob sich das Geschrei der Händler, die ständig brüllten, als ginge es um ihr Leben. Vielleicht ging es darum auch, denn viele dieser Kampfhähne dürften spätestens mit vierzig nach einem Herzinfarkt die Börse mit den Füßen voran verlassen haben. Heute geht es dort ruhiger zu: Die Geschäfte werden mit einem Mausklick abgeschlossen – oder man überlässt diese letzte Arbeit gleich ganz den Computern. Die alten Börsen sind eigentlich nur noch Theater, in denen Statisten den Normalbürgern ein Stück namens Kapitalismus vorspielen. Es ist ein unheimlicher Anblick, man fühlt sich wie in diesen neuen führerlosen U-Bahnen, die von einem Computer gesteuert werden. Aber da ist wenigstens bekannt, wohin die Reise geht.

Moderiert wurden die Börsensendungen von älteren Herren mit süddeutschem Dialekt oder aber von Schaufensterpuppen mit BWL-Abschluss. Sie alle redeten, als ob sie Neuigkeiten vom Lager eines schwer Erkrankten zu überbringen hätten. Manchmal ging es ihm besser, dann wieder schlechter. Die Fieberkurve des Goldpreises stieg bedenklich oder der Blutdruck der Staatsanleihen war gefährlich gefallen. Wurde eine Branche von Gewerkschaften befallen, konnte dies zu streikartigem Ausschlag führen, der sich nur durch Lohnerhöhungen behandeln ließ. Manchmal gab es aber auch gute Nachrichten, wenn irgendein Unternehmen sich endlich entschieden hatte, zehntausend Mitarbeiter freizusetzen, und damit auf dem Weg der Gesundung war.

Wie zu einem Gott blickten alle Beteiligten ständig zu einem riesigen schwarzen Bildschirm auf. Dort kroch eine dicke Linie wie eine weiße Schlange den ganzen Handelstag lang nach vorn, manchmal auch bergauf oder bergab. Das war der Deutsche Aktien-Index, liebevoll Dax genannt. Die Beobachter versuchten aus dieser Linie die Zukunft zu lesen wie die Zigeunerin aus der Linie einer fremden Hand. Es gab sogar Spezialisten für diese Art der Wahrsagerei, sie nannten sich »Charttechniker«. Sie konnten allein aus dem Verlauf der Kurve prophezeien, wie sich die Kurse in der Zukunft entwickeln würden, ganz ohne irgendwelche Fakten zu berücksichtigen oder Experten zu befragen. Sie fanden unsichtbare Widerstandslinien, über die die weiße Schlange nicht kriechen konnte. Tat sie es dann am nächsten Tag doch, hatten sie eine gute Erklärung dafür. Dabei waren diese kleinen Zirkuswahrsager natürlich nichts gegen die »Wirtschaftsweisen«. Diese großen Propheten traten nur einmal im Jahr aus ihren Palästen hervor, die Wirtschaftswelt hing dann an ihren Lippen, um einige Krümel ihres unermesslichen Wissen aufzulesen. Ihre Orakelsprüche zerstreuten alle Zweifel und öffneten die Sicht auf eine goldene Zukunft. Und man staunte, wenn sich die Wirklichkeit kurz darauf doch mal erdreistete, zu widersprechen.

Der Lieblingssatz aller Börsianer ist seit je folgender: »Die größte Rolle im Markt spielt die Psychologie.« Damit wollen sie andeuten, dass sich die menschlichen Emotionen bei aller Rationalität der Ökonomie doch nicht ganz ausschalten lassen. Man sollte den Satz vielleicht etwas umformulieren, um ihn noch verständlicher zu machen: Die größte Rolle im Markt spielen die Blödheit, die Gier und der Irrsinn. Aller Handel auf den Börsen der Welt lebt von dem merkwürdigen Glauben, dass man Geld aus Geld herstellen kann. Die Börsianer sind die neuen Alchimisten. Und sie haben auch wirklich die Formel gefunden, mit der man Gold machen kann: Sie bestätigen einander einfach laufend wechselseitig, welche Schätze sie in den Händen halten. Man kann nur hoffen, dass nie jemand auftaucht, der ihnen das Geheimnis flüstert, dass sie alle bloß Steine in den Taschen tragen.

Auf dem Rummel

Als ich einmal in einem Prager Park spazieren ging, hörte ich plötzlich aus der Ferne Schreie von Menschen in Todesangst. Was war da los? Schon wieder Krieg? Ich lief in Richtung des Lärms und gelangte bald zu einem Zaun, der das Gelände eines großen Volksfestes umgab. Die panischen Schreie kamen aus den Kehlen von hunderten Leuten, die in monströsen Schaukeln und riesigen Kreiseln saßen. Sie wurden in sechs verschiedene Richtungen gedreht und stürzten gleichzeitig mit Überschallgeschwindigkeit senkrecht dem Erdboden entgegen. Mir kam schon beim Zuschauen das kalte Kotzen. Die Grenze zwischen Vergnügen und Folter ist für die meisten Menschen offenbar längst aufgehoben. Warum buchen sie nicht gleich Pauschalreisen nach Guantanamo?

Wie selig, dachte ich mir da, war doch der Rummel auf dem Dorf meiner Kindheit! Wer da Übelkeit und Schwindel empfinden wollte, musste sich noch auf traditionelle Weise ins Bierzelt begeben. Größte Mutprobe war ein Riesenrad: Nicht weil es sich sonderlich schnell bewegt hätte, sondern weil es, war man ganz oben angekommen, plötzlich stillstand und die Stahlträger mit einem Mal so merkwürdig im Wind quietschten. Auch das Karussell, wo man auf abgewetzten Tierfiguren reiten konnte, erreichte kaum mehr als Schrittgeschwindigkeit. »Nur für Kinder!«, war auf einem Schild zu lesen. Jene Jugendlichen und betrunkenen Erwachsenen, die nicht lesen wollten, mussten fühlen: Der Betreiber des Karussells zerrte sie am Hals vom Sattel des violetten Elefanten und beförderte sie fluchend mit einem Arschtritt auf die Wiese. Überhaupt gab es auf der Welt wohl keine schlechter gelaunten Menschen als diese reisenden Vergnügungsvertreter, die mit ihren fahrbaren Buden von Kaff zu Kaff tingelten. Und einmal im Jahr, immer zum Dorffest im Sommer, machten sie auch im Park unseres Örtchens Halt.

»Gewinne! Gewinne! Gewinne!« So leierte die Lautsprecherstimme des Mannes von der Losbude in monotoner Wiederholung. Wie der Singsang eines betenden Mönchs schwebte seine Stimme über dem Platz. »Gewinne! Gewinne! Gewinne!« In der Auslage konnte man allerlei bunten und billigen Schnickschnack anschauen, der den Glücklichen winkte. »Gewinne! Gewinne! Gewinne!« Die Kinder blickten sehnsüchtig hinauf zu den Riesenplüschtieren, die von der Decke baumelten. Um sie zu gewinnen, mussten ihre Eltern ein ganzes Monatsgehalt in Lose investieren. Und die Kinder quengelten, bis der Vati es schließlich machte. Nachdem er sämtliche Nieten aus dem Topf gekauft hatte, blieb dem Mann von der Losbude nichts übrig, als zähneknirschend das Los mit dem Hauptgewinn aus dem Ärmel zu schütteln. Und Kinder mit glänzenden Augen trugen knuddelige Kreaturen nach Hause, die größer waren als sie selbst.

Aber auch äußerlich nicht defekte Erwachsene verfielen an der Losbude der Spielsucht. Was machte bloß ihren Reiz aus? In einem gewöhnlichen Geschäft tauscht man Geld gegen Güter. An der Losbude hingegen erwirbt man keine Waren, sondern nur die Chance darauf, eventuell welche zu bekommen. Und das macht den Leuten Spaß. Warum gehen sie nicht nach Feierabend in einen Laden, legen Geld auf den Tisch und sagen zur Verkäuferin: »Ich hätte gerne ein Stück Butter – Nein, Moment, wir machen das heute mal anders: Ich hätte gerne die Chance auf ein Stück Butter. Ich bezahle und Sie würfeln dann, ob ich für mein Geld ein Stück Butter bekomme oder nicht. Einverstanden? Oh, ist das aufregend! Und? Hab ich gewonnen? Nein? Als Trostpreis aber einen halben Kaugummi? Schade, aber Spaß hat's gemacht!«

An der Schießbude konnten die an der Waffe geübten jungen Männer des Dorfes Frauen erlegen. Natürlich nicht unmittelbar, das war auch damals schon verboten. Der Schütze fragte vielmehr seine Angebetete, wonach ihr der Sinn stand. Dann zielte der Schürzenjäger und traf natürlich auf Anhieb. Die junge Frau staunte, steckte sich die geschossene Plastikrose ins Haar und zog mit dem erfolgreichen Weidmann gleich ins Dickicht. Wer keine Handfeuerwaffe bedienen konnte, blieb allein zurück und bestellte sich zum Trost noch einen *Jägermeister*.

Nebenan auf dem Sportplatz trat derweil eine Fußballmannschaft unseres Dorfes gegen eine Auswahl der benachbarten Ortschaft an. Viele der älteren Spieler sahen aus, als hätten sie den Fußball gerade verschluckt. Der Verlauf dieser Partien war immer recht vorhersehbar: Ein Spieler ließ sich vom eignen Torwart den Ball zuwerfen, rannte dann längs über das ganze Spielfeld und zog mit letzter Kraft an der Strafraumgrenze des Gegners ab. Der Ball hoppelte zehn Meter am Tor vorbei. Ein Spieler der gegnerischen Mannschaft ließ sich nun vom eigenen Torwart den Ball zuwerfen und machte sich auf den Rückweg. So ging es hin und her, bis die Partie beim Stand von null zu null irgendwann abgebrochen wurde, weil keiner mehr Puste hatte.

Gegen Abend begann auf der kleinen Bühne des Parks ein DJ, der entweder Uwe oder Jens hieß, die größten Hits der achtziger und neunziger Jahre zu spielen. Und selbst die trägsten Familienväter spürten zu solch besonderem Anlass die Verpflichtung, die Mutti wenigstens einmal über die Tanzfläche zu schieben. Auch der Jäger und seine Beute waren inzwischen aus dem Wald zurückgekehrt. Auf dem Weg hatten sie schon die Namen ihrer Kinder festgelegt und sich auf die Details beim Bau des Eigenheims geeinigt. Der Höhepunkt des Festes nahte, wenn zwei Pyrotechniker ihre Munition zur Feuerwerksmusik von Händel in den Nachthimmel schossen. Die Menschen schauten hinauf ins Dunkel und sahen dort die Böller platzen wie die Träume ihrer Jugend. »Oh!«, sagten die einen. »Ah!« sagten die anderen. Die meisten aber sagten: »Letztes Jahr war's besser.«

Und bald wurde es ganz dunkel und still. Schwankend tranken ein paar Kinder heimlich aus den Gläsern die letzten Neigen. Ein Junggeselle fiel in den Teich und klagte sein Leid den Karpfen. Die Frauen trugen ihre Männer nach Hause. Und kurz nach Mitternacht lagen alle in ihren Betten.

So ging es zu auf dem Dorfe, in der guten alten Zeit.

Frühes Leid

»Ein paar Ohrfeigen haben noch niemandem geschadet!« Das hört man öfter mal. Mir scheint, dass sie zumindest den Leuten, die sich so äußern, doch ein bisschen geschadet haben. Wenn Backpfeifen generell hilfreich im zwischenmenschlichen Umgang wären, könnte man ja bei jeder Gelegenheit seinem Gesprächspartner eine verpassen, wenn er sich verstockt zeigt und einfach nicht hören will. Das lässt man aber doch bleiben, außer in nicht ganz so geglückten Ehen. Erwachsene Gegner schlagen leider meist zurück. Bei Kindern ist das anders, die können sich nicht wehren. Da langt so mancher gern mal zu, der es sich sonst nicht trauen würde. Man denke nur an den Bischof Mixa, die Faust Gottes, der deswegen zurücktreten musste. Er behauptete ja, Schläge dieser Art seien früher ganz normal gewesen. An so ein paar harmlose Watschen könne er sich beim besten Willen nicht mehr erinnern. Wirklich? Hat es denn so wenig Spaß gemacht?

Seit über die Misshandlung von Kindern offen diskutiert wird, melden sich immer mehr Opfer zu Wort. Ich befürchte, ich muss mich anschließen. Auch meine Mitschüler und ich wurden jede Woche mehrmals, meist ganze zwei Stunden lang, planmäßig gefoltert. Ein Aufseher trieb uns in ein eigens dafür vorgesehenes Gefängnis. In einem dunklen, nach Schweiß riechenden Verließ mussten wir Kinder uns nun kurze Hosen und dünne Hemdchen anziehen. Diese Häftlingskleidung brachten wir selbst in einem Beutel von zu Hause mit. Der Aufseher drängte uns zur Eile. Dann stellten wir uns in einer Halle zum Appell in Reih und Glied an einer Linie auf. Und der Aufseher brüllte: »Sport frei!«

Die Halle enthielt eine erschreckende Vielfalt an Foltergeräten. Manche von ihnen mussten wir auch noch selber aufbauen. Reihum hatte sich in den folgenden Stunden jeder unter den strengen Blicken der Wärter an jedem dieser Geräte eine Zeitlang selbst zu quälen. Der Spott von Mitgefangenen begleitete einen ständig. Einige der jungen Inhaftierten hatten sich über die Jahre so sehr an die regelmäßige Folter gewöhnt, dass sie sogar perversen Spaß daran empfanden. Es gab auch weibliche Gefangene. Diese Mädchen betrachteten aber nur mitleidlos und mit kalter Neugier, wie sich ihre männlichen Leidensgenossen bei den Liegestützen quälten.

Los ging es auf einigen Matten, vollgesogen mit dem Angstschweiß von Generationen, wo man sich herumkugeln und auf den Kopf stellen musste. So aufgelockert ging es dann an eine kalte Metallstange, um die man sich bis zur Übelkeit drehte. Dann wartete ein Seil, das von der Decke herunterhing. Selbst wer es schaffte, hinaufzuklettern, fand oben leider keinen Ausgang. Schließlich sprang man mit Hilfe eines Sprungbretts über ein Hindernis direkt in die Arme des Folterknechtes. Ermüdet und gebrochen schlichen wir aus unserem Gefängnis und machten uns auf den Weg nach Hause. Wir wagten es nicht, jemandem von unseren Qualen zu berichten, und verschlossen das Leid in unseren jungen Herzen.

Vor einer Weile las ich zufällig die Bücher des Erfinders dieser grausigen Folter. Es ist dies der Turnvater Jahn. Er hat nicht nur das Turnen erfunden, sondern auch noch andere wertvolle Dinge wie das Deutschtum und die Bücherverbrennung. Dass er die deutschen Jungs zu Kriegern ertüchtigen wollte, um die Franzosen zu besiegen, kann ich ihm verzeihen. Dass er sämtliche Fremdwörter verbieten wollte, will ich einem Patrioten wie ihm nachsehen. Selbst dafür, dass er keine Zigeuner und Juden leiden konnte, mag ich ihn noch nicht vollends verdammen.

Aber dafür, dass er das Turnen erfunden hat – dafür möge er in der Hölle in alle Ewigkeit Klimmzüge machen!

Ich hoffe, nach meiner Offenbarung werden sich noch mehr Opfer dieser unmenschlichen Praxis zu Wort melden. Die Dunkelziffer liegt sicher sehr hoch, wahrscheinlich bei ungefähr 80 Millionen.

AMOK!

»Neustadt an der Strulle steht unter Schock. Die Straßen sind fast menschenleer, die wenigen Passanten verstört, kein Lachen ist zu hören – alles scheint wie gewöhnlich. Doch wer genauer nachbohrt, der stößt auf den allgegenwärtigen Schrecken. Vor drei Tagen verübte der Gymnasiast Markus M. hier das blutigste Schulmassaker in der an blutigen Schulmassakern leider noch allzu armen Geschichte der Bundesrepublik. Auf der Straße stoße ich auf eine Mauer des Redens, höre die immer gleichen Sätze: *Nehmen Sie das Mikro aus meinem Gesicht! Für zehn Euro erzähle ich Ihnen alles! Komm ich jetzt ins Fernsehen?* Es bleiben bloß die dürftigen Fakten des Polizeiberichts, kalte Tatsachen ohne jeden emotionalen Touch, ohne voyeuristischen Sex-Appeal.

Gegen 7:12 Uhr bahnte sich Markus M. am vergangenen Montag den Weg ins Arnold-Schwarzenegger-Gymnasium von Neustadt an der Strulle. Erst nachdem er bereits eineinhalb Stunden in der Cafeteria gewütet und mehrere Kochtöpfe teils stark beschädigt hatte, bemerkte der junge Täter, dass sich aufgrund der Sommerferien keine weiteren Personen im Gebäude aufhielten. Glühend vor berserkerhafter Wut, so lässt sich vermuten, nahm er eine zufällig vorbeieilende Rentnerin als Geisel. Den beiden alarmierten Mitarbeitern des Ordnungsamtes übergab er drei Stunden später die Forderung, dass sich sämtliche Mitschüler, insbesondere aber Mandy Schmidt aus der 8b, bitte in der Schule einzufinden hätten. Sonst könne er für die Sicherheit seiner Großmutter nicht garantieren. Einem aus Berlin angerückten

Sondereinsatzkommando gelang es nur mit größter Mühe, sämtliche Schüler des Arnold-Schwarzenegger-Gymnasiums aufzufinden und in das Gebäude zu schleusen. Dort begann für die 456 Opfer ein Martyrium, das jeder Beschreibung spottet, für das sich keine Worte finden lassen, das uns allen den Atem verschlägt. Markus M. erlegte seine Opfer einzeln in einer Orgie der Gewalt mit zwanzig bis dreißig Schüssen aus dem Luftgewehr seines Großvaters. Kurz darauf stellte er sich der Polizei mit erhobenen Händen und wurde von den Beamten durch einige Schüsse in den Kopf kampfunfähig gemacht. Markus M. erlag seinen schweren Verletzungen noch auf dem Weg in die *BILD*-Redaktion. In der Schule konnten die Sicherheitskräfte mehrere Panzerabwehrraketen sicherstellen. Nicht auszudenken, was Markus M. mit diesen Waffen hätte anrichten können, wäre sein Amoklauf nicht rechtzeitig beendet worden.

Meine Anfragen beim Direktor des Arnold-Schwarzenegger-Gymnasiums bleiben lange ohne Erfolg. Zu tief sitze die Angst, schreibt mir der verstörte Schulleiter mehrfach per SMS. Erst nach seiner Rückkehr aus dem »Club Tropical« auf Ibiza kommt es zum Gespräch. Markus M. sei ein stiller Schüler gewesen, der gern während des Unterrichts unter der Tischplatte onanierte und gehäutete Katzen in die Schule mitbrachte – von Auffälligkeiten keine Spur. Auch der Psychologe, bei dem sich Markus M. in den letzten drei Jahren wegen seiner Lust an Mordfantasien in Behandlung befand, schildert ihn als sympathischen Jungen von Nebenan. Selbst in der örtlichen NPD-Kameradschaft, aus der Markus M. vor einem Jahr wegen wachsender Gewaltbereitschaft ausgeschlossen worden war, weiß man sich keinen Reim auf die Entwicklung des ehemaligen Schützlings zu machen. Einigermaßen ratlos zucken auch Markus' Eltern mit den Schultern. Ihr Sohn sei ein lieber Junge gewesen, der davon träumte, eines Tages Pferdeschlächter, Ausbilder von Kindersoldaten oder Fernsehjournalist zu werden. Eigentlich, so mutmaßt die nur leicht angetrunkene Stiefmutter, habe alles damit angefangen, dass im Kinderzimmer immer mehr CDs einer gewissen Annett

Louisan auftauchten. Markus M., ein ganz normaler Junge, der zur blutrünstigen Bestie wurde, wird uns allen wohl für immer ein Rätsel bleiben.

In einer bewegenden Trauerfeier, die heute Mittag über die Bühne des Friedhofs von Neustadt an der Strulle ging, verabschiedeten sich Vertreter von Politik, Wirtschaft, Kirche und Medien von Markus M. und seinen 456 namenlosen Opfern. *Ich bin tief betroffen,* so der Bundespräsident, *ich hab nämlich mein Redemanuskript vergessen. Ist das hier die Eröffnung der A 93?* Und die Bundeskanzlerin ergänzte: *Wir müssen den jungen Menschen eine Perspektive geben. Wer Leute umbringen will, der kann sich doch bei der Bundeswehr melden!* Im Anschluss an die Beerdigung ehrte der Schützenverein von Neustadt an der Strulle die Toten mit 456 Salutschüssen. Möge diese Zeremonie der beschaulichen Stadt Frieden bescheren. Und mögen sich keine Nachahmungstäter finden, die sich ein Beispiel nehmen an dieser absolut krassen, auf ihre Art beeindruckenden, fantastisch dämonischen Tat eines ganz außergewöhnlichen jungen Menschen, den die Geschichte nie vergessen wird.«

Des Königs Wort

Niemand mehr kann sich der Renaissance der Religion entziehen – auch ich nicht. Also besuchte ich an jenem Abend, den die meisten Menschen »heilig« nennen, zum ersten Mal seit meiner Kindheit wieder die Kirche unseres Dorfes. Als Revanche hatte ich mir fest vorgenommen, im Anschluss einen blasphemischen Traktat zu schreiben. Ich habe das unterlassen. Während ich nämlich oben auf der zweiten Empore den Gottesdienst erwartete, beschlichen mich ganz andere Gefühle. Dieser Geruch von Staub, lackiertem Holz und muffigen Kleidern – er weckte in mir dieselben Tagträume, in denen ich mich schon an den Weihnachtsabenden meiner Kindheit verloren hatte. An der Kanzel las ich wieder jenen Spruch, der mir als Kind immer rätselhaft geblieben war: »In des Königs Wort liegt Gewalt«. Ich nahm mir vor, den Satz bei Gelegenheit nachzuschlagen.

Drüben auf der gegenüberliegenden Empore kicherte die Clique der wenigen verbliebenen Jugendlichen des Dorfes. Unten im Kirchenraum quengelten gelangweilt die Kinder, für die der Gottesdienst die letzte irdische Prüfung vor dem Paradies der Bescherung war. In der Mitte der ersten Empore machten sich die Organistin und das einheimische Bläserensemble spielfertig. Ich erschrak nicht wenig, als ich drüben auf der anderen Empore auf den zweiten Blick eine Freundin aus meiner Jugend erkannte. Auch sie schaute lange ein wenig ungläubig und schien sich nicht sicher zu sein, ob sie ihren Augen trauen durfte. Dann kam sie herüber. »Was macht ein Freidenker wie du in der Kirche?«, fragte sie. Ich fühlte mich ertappt. Während einige Banknachbarn sich neugierig umdrehten, stammelte ich eine fadenscheinige Erklärung.

Ich erinnerte mich an unsere gemeinsame Jugendzeit. Damals hatte sie alle Jungs mit ihrer Schönheit in Liebestaumel und mit ihrer Intelligenz in Angst versetzt. Jetzt fragte sie mich nach den Neuigkeiten in meinem Leben. Ich wusste nicht, wo ich beginnen sollte, also hörte ich lieber gleich wieder auf. Sie erzählte mir, sie habe sich im April taufen lassen, nachdem sie zum Glauben gefunden hatte: Ein ehemaliger Geliebter habe sie vor Eifersucht fast totgeprügelt, da habe sie die Gegenwart Gottes gespürt, der ihr Leben rettete. Da war er wieder, der Punkt, den ich nie verstehen werde: Warum jeder Gläubige es selbstverständlich findet, sich bei Gott für alles Gute zu bedanken und für alles Schlechte zu entschuldigen.

Die Posaunen des Jüngsten Gerichts setzten ein. Wir verabschiedeten uns, der Gottesdienst begann. Der Pfarrer schritt nach vorn zum Altar, begrüßte erst Gott und dann die Besucher seiner Kirche, ohne sich durch die Unruhe stören zu lassen. Während die Menschen geistliche Lieder anstimmten und gemeinsam beteten, fühlte ich mich auf eine unangenehme Weise unter Beobachtung. Welch eine merkwürdige Versuchung überkommt einen da, auch die Lippen zu bewegen und die Hände zu falten! Ist die Angst vor dem Blick Gottes, der alles sieht, nicht vielleicht immer nur die Furcht vor den Blicken der Nachbarn?

Einige Jugendliche hatten ein Krippenspiel vorbereitet. Erzählt wurde eine sozialkritische Version der Weihnachtsgeschichte: Ein Fremdenführer verdient sein Geld damit, Touristen die Sehenswürdigkeiten Jerusalems zu zeigen. Als drei wohlhabende Weise aus dem Morgenland bei ihm eintreffen und nach einem neu geborenen Königssohn fragen, führt er sie gegen eine Gebühr direkt zum Palast des Herodes. Dort weiß man aber von keiner Geburt und jagt die Fremden davon. Erst als sie erkennen, dass bedeutende Ereignisse auch in ärmlichen Hütten stattfinden können, entdecken sie das Jesuskindlein in der Krippe im Stall. Unglücklicherweise hatte sich nur ein Junge gefunden, der bei der Aufführung mitwirken wollte. Herodes war ein Mädchen. Die drei Weisen aus dem Morgenland waren Mädchen. Sogar Maria und Joseph mussten von zwei Mädchen gespielt werden. Hätte ich mein blasphemisches Traktat verfasst, ich wäre wohl nicht umhingekommen, zu bemerken, dass diese Besetzung bedenklich mit der Haltung der Kirche zur Homo-Ehe kollidierte.

»Warum wurde Gott Mensch? Die Frage kann man ja stellen!«, begann der Pfarrer seine Predigt. Während er sich seine rhetorische Frage auch gleich selbst beantwortete, dachte ich darüber nach, warum mein Lebensweg mich nicht in den Schoß der Kirche geführt hatte. Obwohl ich Gott nie in mein Herz schloss, war ich doch als Kind einige Jahre zur Christenlehre in das Pfarrhaus meines Dorfes gegangen. Das lag aber wie bei den meisten Kindern daran, dass in diesen Religionsstunden Süßigkeiten aus dem Westen verschenkt wurden. Vermutlich sandten Gläubige aus Schwaben die milden Gaben in die damals noch sowjetisch besetzte Zone, um die verbliebenen Missionare im Kampf gegen den Unglauben zu unterstützen. Als nach 1989 *Maoam* und *Haribo* dann überall erhältlich waren, ließ das Interesse am Bibelstudium merklich nach. Ich hatte aber schon vorher die Christenlehre aus ganz anderem Grund verlassen. Der Pfarrer hatte uns nämlich eines Tages beim Kirschenklauen in seinem Garten erwischt. Wir waren über den Zaun geflüchtet, aber natürlich hatte er alle Diebe erkannt. Meine Freunde schlichen reuig zurück und entschuldigten sich, um weiter an der Christenlehre und ihren Segnungen teilhaben zu können. Obwohl sicher auch mir verziehen worden wäre, blieb ich dem Pfarrhaus lieber auf immer fern. So kam es, dass meine Heilsgeschichte endete und ich im Heidentum verstockte. Mein eigener kleiner Sündenfall im Garten des Herrn verschloss mir die Pforten der Kirche auf immer.

Erst als die Besucher des Weihnachtsgottesdienstes sich zum abschließenden Gebet von ihren Bänken erhoben, erwachte ich aus meinen Tagträumen. Der Pfarrer wünschte uns einen gesegneten Heiligen Abend und entschuldigte sich dafür, dass er wegen einer Infektion nicht allen persönlich die Hand schütteln könne. Ich verließ die Kirche, ohne mich angesteckt zu haben. Auf meinem Weg durch die Nacht nach Hause fluchte ich über die Kälte. Daheim entdeckte ich eine verstaubte Bibel, in der ich suchte und fand. So hört denn zum Schluss die Worte des Predigers Salomo: »Wer ist wie der Weise, und wer versteht etwas zu deuten? Die Weisheit des Menschen erleuchtet sein Angesicht; aber ein freches Angesicht wird gehasst. Achte auf das Wort des Königs; aber wenn du einen Eid bei Gott leisten sollst, so übereile dich nicht! Geh von seinem Angesicht weg und halte dich nicht zu einer bösen Sache; denn er tut alles, was er will. In des Königs Wort liegt Gewalt, und wer darf zu ihm sagen: Was machst du?«

Die Blüte der Jugend. Eine Rede[1]

Es ist mir eine große Freude, an dieser Stelle zu Ihnen sprechen zu dürfen. Besonders deswegen, weil ich selbst bis vor wenigen Jahren an der TU Dresden studiert habe: Germanistik und dazu noch ein ganz besonderes Orchideenfach, nämlich Philosophie. Ich würde daher eigentlich gern von dieser Stelle aus besonders die angehenden Studenten der Philosophie grüßen, aber es ist erst 17 Uhr und Philosophen haben üblicherweise um diese Zeit das Bett noch nicht verlassen. Sie folgen damit der bekannten Einsicht Hegels, nach der die Eule der Minerva erst mit der einbrechenden Dämmerung ihren Flug beginnt.

Verzeihen Sie mir, wenn ich aus nostalgischen Gründen in meinen folgenden Bemerkungen öfter aus der Sicht des Geisteswissenschaftlers rede. Der Geisteswissenschaftler wird ja in unseren Zeiten, da das Studium immer mehr der Optimierung für den Arbeitsmarkt dient, zur bedrohten Art. Er verdient daher nicht anders als der Wachtelkönig oder die Hufeisennase besonderen Schutz und verdoppelte Fürsorge.

Als ich mein Studium begann, geriet ich durch Zufall gleich in meine erste Demonstration, die anlässlich eines Protesttages vom

1 Diese Rede wurde am 6. Oktober 2011 zur feierlichen Immatrikulation der Studenten an der Technischen Universität gehalten. Der Wortlaut wird hier unverändert wiedergegeben. Nicht-Dresdner mögen bitte die Erläuterungen der Fußnoten konsultieren.

Hörsaalzentrum zum Sächsischen Landtag führte. Sollte sich Ihnen mal die Gelegenheit bieten, an einer Kundgebung teilzunehmen, lassen Sie sich das keinesfalls entgehen. Eine Demonstration bietet die seltene Chance, seine Überzeugung machtvoll im Verein mit Gleichgesinnten auszudrücken und schon tagsüber Bier zu trinken. Vor dem Landtag protestierten damals einige tausend Studenten gegen einen Plan, an der TU Dresden die erst nach der Wende eingeführten Geisteswissenschaften wieder abzuwickeln. Der zu dieser Zeit amtierende Wissenschaftsminister stellte sich der Kritik und redete zu den protestierenden Studenten. Dabei äußerste er einen denkwürdigen Satz, der mir noch heute im Gedächtnis ist: »Sachsen«, so sagte er, »ist das Land der Naturwissenschaften.« Gut, dass diese Auffassung nicht schon immer bestand, sonst hätte der junge Goethe in Leipzig nur Elektrotechnik[2] studieren können. Ich weiß nicht, warum der Plan, die TU Dresden wieder zu einer Fachhochschule zurückzuschrumpfen, letztlich gescheitert ist. Ich vermute aber, es lag an den vielen Protestbriefen von Maschinenbauern, die sich ein Leben ohne Germanistikstudentinnen nicht vorstellen wollten.

Wie dem auch sei: Die TU Dresden ist glücklicherweise immer noch eine Universität im wörtlichen Sinne, also ein Ort für die Gesamtheit der Wissenschaften. Auch einige von Ihnen werden sich zum Studium einer Sozial- oder Geisteswissenschaft entschlossen haben. Ich beglückwünsche Sie zu Ihrem Mut und zu der Hartnäckigkeit, mit der Sie Ihre Eltern davon überzeugt haben, dass nicht jeder BWL, Jura oder Medizin studieren kann. Seien Sie beruhigt: Als Geisteswissenschaftler muss man im Leben zwar mit einer Reihe von Nachteilen rechnen, genießt aber auch einige Vorteile. Das gesamte Wirtschaftsgeschehen tangiert den gewöhnlichen Geisteswissenschaftler beispielsweise nur peripher. Er kann durch die Weltwirtschaftskrise

2 Ein Professor, dessen Name mir leider unbekannt ist, wies mich nach dem Ende der Veranstaltung zu Recht darauf hin, dass Elektrotechnik keine Natur-, sondern eine Ingenieurwissenschaft ist.

seine Arbeit nicht verlieren, weil er ja schon vorher keine hatte. Wenn der Geisteswissenschaftler hört, dass Daimler demnächst vielleicht bei Porsche einsteigen will, weiß er nur, dass er Zeit seines Lebens weder in einen Daimler noch in einen Porsche einsteigen wird.

Aus eigener Erfahrung weiß ich, dass man sich als Studienanfänger ganz schön verloren fühlen kann. Besonders dann, wenn man auch noch zum ersten Mal vom Land in die Stadt gezogen ist, um in der Fremde sein Glück zu machen. Auch mich trieb es damals hinaus aus meiner dörflichen Heimat, weil ich gern in einer pulsierenden Metropole studieren wollte. Stattdessen kam ich immerhin nach Dresden. Weil ich mich nicht auskannte und Geld sparen wollte, bezog ich meine erste Wohnung im Szeneviertel Gorbitz.[3] Lange wunderte ich mich darüber, warum niemand Lust hatte, mich zu besuchen. Da ich wie viele Jungs vom Lande mit den Geheimnissen der Kochkunst noch nicht vertraut war, bestanden meine Mahlzeiten abwechselnd aus Nudeln mit Soße und Brot mit Senf. Wie alle Landflüchtigen war ich außerdem mit dem Leben in der Großstadt rettungslos überfordert. Ich wartete an roten Ampeln, stellte mich allerorten hinten an und öffnete Vertretern zuvorkommend die Wohnungstür, um ihnen einen Kaffee anzubieten. Landbewohner haben nämlich einen angeborenen Defekt, der ihnen beim Leben in der Großstadt anfangs sehr hinderlich ist: die Freundlichkeit.

Auch auf dem Campus fühlte ich mich zunächst ziemlich einsam. Ich kannte kaum jemanden und keiner schien sich für mich zu interessieren. Keiner kümmerte sich darum, was ich machte, um alles musste man sich selber kümmern: sich einen Bibliotheksausweis besorgen; den Unterschied zwischen Zeuner-Bau und Zeunerstraße entdecken; herausbekommen, wie man

3 Gorbitz ist ein Neubauviertel am westlichen Rand Dresdens. Meine Brüder im Westen der Republik, die immer sogleich »Plattenbau! Schrecklich!« ausrufen, wenn sie an die DDR denken, möchte ich darauf hinweisen, dass die Neubauten der Nachkriegszeit in der BRD sich überhaupt nicht, jedenfalls nicht positiv von den so verschrienen »Platten« unterscheiden.

den nicht überfüllten Bus der Linie 61 erwischt – alles ist für den auf sich allein gestellten Studienanfänger erst einmal ein Abenteuer. Lassen Sie den Mut nicht sinken und halten Sie die schwierige Anfangszeit aus. Auch ich war damals oft der Verzweiflung nahe.

Nutzen Sie am besten die reichlich angebotenen Einführungsveranstaltungen und Eröffnungspartys, um Menschen kennenzulernen. Wenn Sie aufgeschlossen und aufgeweckt sind, wird es Ihnen nicht schwer fallen, in Kontakt mit interessanten Leuten zu kommen. Und wenn das nicht der Fall ist, gibt es ja noch die Burschenschaften. Ich besuchte zum Beispiel gleich am ersten oder zweiten Tag ein »philosophisches Frühstück« für Studienanfänger, das vom philosophischen Fachschaftsrat organisiert wurde. Als ich morgens eintraf, war der Raum mit zwei Menschen gefüllt. Der ältere der beiden, ein bärtiger Mann mit versonnenem Blick, war ein Student der Philosophie. Der jüngere, wie ich ein interessierter Neuling, wirkte mit seinen schwarzen Stiefeln, seinem seltsam geformten Milchbart und geschorenem Schädel auf mich wie ein Punk oder ein Freund der Musikrichtung Heavy Metal. Wir aßen belegte Brötchen und tranken Kaffee. Der erfahrene Philosoph warnte uns davor, dass das Studium der Philosophie herausfordernd sei, was dazu führe, dass 90 Prozent aller Anfänger es wieder abbrächen. Berufschancen eröffne es, soweit er wisse, auch keine. Ich dachte mir im Stillen: Dann erst recht! Der Philosoph wünschte uns Glück, wir dankten und trennten uns.

In meiner ersten Vorlesung traf ich den anderen Studienanfänger dann noch einmal und setzte mich freudig über das Wiedersehen neben ihn. Die Freude wurde dann aber etwas gedämpft, als ich bemerkte, dass der geschorene Kollege seine Aufzeichnungen mit einem Kugelschreiber der NPD machte. Dass man eine Person lieber nicht kennenlernen möchte, stellt man leider oft erst fest, nachdem man sie kennengelernt hat. Was aus dem Rechtsphilosophen geworden ist, weiß ich nicht. Vielleicht sitzt er heute im Landtag.

Hoffnung gewann ich in dieser schwierigen Anfangszeit durch etwas, das Ihnen vielleicht merkwürdig vorkommen wird: Ich vertiefte mich gern in den Anblick des Logos der TU Dresden.[4] Dieses Logo erinnerte mich an die fünfte Klasse, in der uns unsere Heimatkundelehrerin zum ersten Mal Aufklärungsunterricht erteilte. Sie versinnbildlichte uns damals mit Hilfe zweier Puzzleteile das Geheimnis der Liebe. Genauso gut hätte sie das Logo der TU Dresden verwenden können. Das Logo begleitete mich so als gutes Zeichen durch mein ganzes Studium und ich hoffe, Ihnen wird es ab jetzt auch so gehen.

Vor einer Weile bekam ich durch die Vermittlung eines Professors, bei dem ich selbst studiert habe, das Angebot, an der TU Dresden ein Seminar zu veranstalten. Was den finanziellen Aspekt betrifft, wäre es für mich lukrativer gewesen, meine Zeit mit dem Sammeln von Pfandflaschen im Park zu verbringen. Aber die naive Hoffnung, jungen Leuten etwas von meiner Begeisterung für Literatur mitteilen zu können, brachte mich dazu, das Angebot anzunehmen. So stand ich eines Nachmittags vor zwanzig Studenten und versuchte sie davon zu überzeugen, dass ich ihr Dozent war. Ein merkwürdiges Gefühl stellte sich ein, wie es vermutlich auch Lehrer erleben, die nach ihrer Ausbildung zur Arbeit an jene Schule zurückkehren, die sie früher selbst als Schüler besucht haben. Die Rollen wechseln, aber das Stück ist immer noch das gleiche. Auch ich spielte jetzt nicht mehr Hamlet, sondern den Geist seines Vaters, dessen Aufgabe es war, den trägen Prinzen zur Tat anzutreiben.

Ein Universitätsseminar ist eine ausgesprochen merkwürdige Veranstaltung. Obwohl man ja nicht mehr im Klassenzimmer sitzt und durch die Schulpflicht zur Anwesenheit gezwungen wird, sondern theoretisch freiwillig lernen möchte, kommt doch am Ende meistens das Gleiche raus. Die Studenten verschanzen sich in den

4 Dieses Logo besteht aus den Buchstaben T und U, die nach Art von Schraube und Dübel vereinigt sind.

letzten Reihen hinter ihren Tischen. Der Dozent muss brüllen, damit seine Stimme nicht auf dem Weg zu ihnen vom Straßenlärm verschluckt wird, der durch die geschlossenen Fenster dringt. So gut wie niemand hat auch nur eine Zeile von den Texten gelesen, deren Lektüre vorgeschrieben war. Eine unendliche Müdigkeit übermannt die Studenten und der Blick wandert öfter auf die Uhr als zur Tafel. Immer wieder versinken sie unwillkürlich in Halbschlaf und träumen von der Wohngemeinschaftsparty am Abend oder der Verabredung mit dem spanischen Erasmus-Studenten. Währenddessen versucht vorn der Dozent mit verzweifelten Witzen, Ausdruckstanz oder einem vorgetäuschten Feueralarm die Aufmerksamkeit der Studenten wiederzugewinnen.

Auch die Typen, die in jedem Seminar sitzen, werden wohl in alle Ewigkeit die gleichen bleiben. Immer gibt es zum Beispiel das Kaffeekränzchen. Es besteht aus zwei bis fünf besten Freundinnen, die sich schon seit dem Kindergarten kennen und in derselben Stadt dasselbe Fach studieren, um sich keinesfalls trennen zu müssen. Diese besten Freundinnen reden miteinander grundsätzlich das ganze Seminar über ohne Unterbrechung über modische Fragen oder die Vor- und Nachteile der Hormonspirale. Hören sie ein »Psst!« von ihren Kommilitonen oder ernten einen genervten Blick des Dozenten, senken sie, ohne mit dem Reden aufzuhören, für eine halbe Minute die Lautstärke.

So gut wie stets vorhanden ist auch die Nervensäge. Sie kann weiblichen oder männlichen Geschlechts sein, Letzteres ist jedoch häufiger der Fall. Die Nervensäge kommt zu spät und muss meist früher wieder weg. Sie hat ihre Hausaufgaben auch nicht gemacht, aber dennoch eine Theorie entwickelt, die sie ungefragt zum Besten gibt. Die Nervensäge weiß sich nicht nur den anderen Studenten überlegen, sondern ist seit dem ersten Semester auch allen Dozenten meilenweit voraus. Das bekundet sie im Seminar durch kritische Fragen, die nichts mit dem Thema zu tun haben, aber die intellektuelle Brillanz der Nervensäge unter Beweis stellen sollen. Die anderen Anwesenden reagieren jedoch irgendwann nur noch durch Gymnastik der Augäpfel.

Des Dozenten Rettung ist das kluge und engagierte Mädchen in der ersten Reihe. Sie liest alle Texte oder hat zumindest ein schlechtes Gewissen, wenn sie es einmal nicht geschafft hat. Wann immer der Dozent nach einer Frage flehentlich in der Hoffnung auf Mitarbeit in den Raum starrt, meldet sie sich und sagt etwas Kluges: nämlich das, was der Dozent gern hören wollte. Die anderen Studenten bezeichnen sie hinter vorgehaltener Hand als Streberin – aber wenn es daran geht, sich Partner für Gruppenarbeiten auszusuchen, flehen sie alle darum, mit ihr und nicht mit der Nervensäge im Verein zu landen. Es sind einzig und allein die klugen, engagierten Mädchen in der ersten Reihe, die den Universitätsbetrieb weltweit am Laufen halten.

Die meisten Menschen haben gelegentlich einen Albtraum, in dem sie – oftmals nackt – plötzlich wieder in ihrer alten Schule sitzen und angeschnauzt werden wie ein Kind. Universitätsdozenten träumen das nicht nur, sie leben diesen Alptraum.

Sie alle haben sich nach Ihrem Abitur für ein Studium entschieden. Ich kann Sie dazu nur beglückwünschen. Lassen Sie sich aber bitte von niemandem einreden, dass Ihr Studium dazu dienen sollte, Sie möglichst schnell und effizient auf den Einstieg ins Berufsleben vorzubereiten. Im Gegenteil: Der Hauptzweck des echten Studierens ist es, den Eintritt in den Arbeitsalltag so lange wie möglich hinauszuzögern. Nichts wäre ja blöder, als es nicht abwarten zu können, sich übereilt ins Hamsterrad der Karriere zu stürzen. Wenn Sie es geschickt anstellen, gelingt es Ihnen vielleicht sogar, bis zur Frührente durchzustudieren. Nehmen Sie Ihre Urlaubssemester, verschwinden Sie möglichst lange ins Ausland und hängen Sie an Ihren Abschluss noch eine Prokrastination – Verzeihung, ich meine: eine Promotion – dran. Vielleicht haben Sie sogar eines Tages das Glück, selbst als Dozent arbeiten zu dürfen.

Verstehen Sie jedenfalls Ihr Studium nicht als Mittel zum Zweck, sondern als Gelegenheit, die sich nur einmal im Leben bietet. Der romantische Dichter Joseph Freiherr von Eichendorff sagte dazu Folgendes: »Die Jugend ist die Poesie des Lebens, und die äußerlich ungebundene und sorgenlose Freiheit der Studenten auf der Universität die bedeutendste Schule dieser Poesie, und man möchte ihr beständig zurufen: sei nur vor allen Dingen jung! Denn ohne Blüte keine Frucht.«[5] Ihr Studium sollte nicht dazu dienen, Ihren tabellarischen Lebenslauf zu optimieren, sondern Ihr Leben zu bereichern. Das unnütze Wissen ist dasjenige, was Ihnen später wirklich weiterhelfen wird. Und der beste Weg, seine Zeit zu nutzen, kann es manchmal sein, sie zu verschwenden.

5 Es handelt sich um den Schlusssatz aus dem autobiografischen Fragment *Halle und Heidelberg*, das erst nach dem Tod Eichendorffs veröffentlicht wurde.

Die Liebe in Zeiten des Förderns und Forderns

Jonathan saß gerade mit einem Caipirinha auf dem Balkon, genoss seine Arbeitslosigkeit und blätterte in der *Kritik der politischen Ökonomie,* als er plötzlich mit Schrecken aus seinem Sessel auffuhr. Nicht mehr weit entfernt erkannte er Frau Hartmann, die ihre Schritte zielstrebig in seine Richtung setzte, Kinder vom Bordstein stieß, Frau Hartmann, die Geißel der Arbeitsscheuen, die gefräßige Königin der Sachbearbeiterinnen, das nie geschlossene Auge der Fallprüfung.

»Antonia!«, rief Jonathan ins Innere der Wohnung. »Der größte anzunehmende Schrecken nähert sich! Leite die Maßnahmen des Notfallplans ein! Gelingt uns nicht die Abwehr, mag unser Traum vom seligen Leben zu zweit zusammenstürzen!«

»Sprich doch weniger geblümt!«, beschwerte sich Antonia, die herangeeilt war. »Die Nachwirkungen deines abgebrochenen Studiums der Philosophie werden uns noch einmal um Kopf und Kragen bringen!«

»Hat uns denn deine Promotion im Fach Kunstgeschichte mehr gefrommt, liebe Antonia?«, erwiderte Jonathan. »Aber lass uns keine Zeit mehr mit unfruchtbarem Streite versäumen! Rasch, bereite unsere Wohnung auf den Trennungsfall vor. Das Klingeln von Frau Hartmann wird uns sogleich aus unserem gewohnten Dasein rütteln.«

»Ich halte das nicht mehr aus, Jonathan! Immer dieses Versteckspiel, diese Lügen, diese Qual!«, rief Antonia.

Doch Jonathan achtete nicht weiter auf diese Worte, gab seiner Geliebten einen eiligen Kuss und eilte zur Tür, an der es schon nach wenigen Augenblicken ohne Unterlass klingelte. Jonathan wartete eine Weile, bis er öffnete. Im Hintergrund hörte er, wie Antonia mit Möbeln und Kleidern durch die Zimmer rumpelte. Ungeduldig hämmerte es jetzt an der Tür. Frau Hartmann hielt noch ihre Faust geballt, als Jonathan endlich öffnete.

»Ein dringliches Begehren scheint Sie herzuführen«, begrüßte Jonathan eine Frau von mittlerem Alter, mittlerer Größe und mitleidlosem Blick.

»Sie sind Jonathan Schmidt?«, fragte Frau Hartmann und sandte – ohne eine Antwort abzuwarten – gleich eine weitere Frage hinterher: »Hartmann, Agentur für Arbeit. Sie wohnen hier mit einer gewissen Antonia Müller?«

Jonathan bejahte und bat Frau Hartmann mit einer eleganten Geste in die Wohnung.

»Herr Schmidt, ich will nicht lange um den heißen Brei herumtanzen. Ich mach's kurz. Mir liegt dieses Gequatsche nämlich nicht. Wir haben den Verdacht, dass Ihre Wohngemeinschaft mit Fräulein Müller in Wahrheit sexueller Natur ist. In diesem Falle müssten wir aber davon ausgehen, dass Sie unsere Gesellschaft durch ungerechtfertigte Doppelansprüche um nicht unerhebliche Sozialleistungen betrügen. Machen Sie es am besten kurz, Herr Schmidt, und räumen Sie diesen Sachverhalt vollumfänglich ein!«

»Ich verliebt in Frau Müller?«, entgegnete Jonathan mit gespielter Entrüstung. »Wo denken Sie hin? Dieses Weib würde ich nicht mal mit der Kneifzange anfassen!«

»Aber Sie wohnen doch zusammen?«, bohrte Frau Hartmann mit gelangweilter Routine nach.

»Um Kosten zu sparen, freilich.«

»Wo ist denn dieses Fräulein Müller?«

»Ich weiß gar nicht, ob sie in der Wohnung ist«, antwortete Jonathan und fügte mir leicht erhöhter Stimme hinzu: »Sie könnte in ihrem Zimmer sein.«

Hinten in der Wohnung hörte man eine Tür zuschlagen.

»Kann ich Ihnen etwas anbieten: einen Espresso, einen Grappa?«

»Ich ignoriere Ihren Bestechungsversuch«, erwiderte Frau Hartmann mit unangenehmer Kühle. »Im Wiederholungsfall werde ich jedoch die Polizei informieren müssen. Weiter! Zeigen Sie mir bitte das Badezimmer!«

Jonathan öffnete die Tür. Frau Hartmann trat ein, ohne ihre Schuhe auszuziehen. Sie spannte ein Formular auf ein mitgebrachtes Klemmbrett und zückte einen Kugelschreiber.

»Aha! Da haben wir es: gemeinsame Handtücher, gemeinsame Hygieneartikel, zwei Zahnbürsten in einem Becher. Wissen Sie, Herr Schmidt, was in meinen Richtlinien zur Paarerkennung steht? Nein?«

»Wir teilen aus finanziellen Gründen so manche Gebrauchsgegenstände, Frau Hartmann. Sie wissen sicher, dass Sozialhilfeempfänger an allen Ecken und Enden sparen müssen.«

»Ich pflege im Privatleben keinen Kontakt zu Sozialschmarotzern«, sagte Frau Hartmann und machte ein Häkchen auf ihrem Formular. »Weiter! Zeigen Sie mir die Küche! Öffnen Sie den Kühlschrank! Aha! Rucola und Dosenbier im selben Fach! Muss ich aus den Richtlinien zur getrennten Haushaltsführung zitieren?«

»Wir kaufen eben gemeinsam ein und kochen auch mal zusammen«, sagte Jonathan. Seine Stimme hatte merklich an Souveränität eingebüßt.

Frau Hartmann machte ein weiteres Häkchen.

»Machen wir's kurz: Zeigen Sie mir gleich mal ihr Zimmer! Und rufen Sie bitte Ihre mutmaßliche Gespielin!«

Antonia stand mit hängenden Armen im Raum, als Frau Hartmann und Jonathan eintraten.

»Na gut, Herr Schmidt«, sagte Frau Hartmann, »ich will einräumen: Zumindest das Aussehen der jungen Frau spricht für Sie.«

Antonia begann leise zu weinen.

»Aber was soll ich denn davon halten?«, fuhr die Kontrolleurin fort. »Ein Doppelbett?!«

»Ich leide unter Schlafstörungen«, erklärte Jonathan. »Deswegen brauche ich nachts eine erweiterte Rollfläche. Fräulein Müller schläft dort drüben in der Abstellkammer auf einer Luftmatratze.«

»Und was macht bitte das Nacktfoto von Fräulein Müller über Ihrem Schreibtisch?«

»Wir sind beide begeisterte Anhänger der Freikörperkultur.«

»Wollen Sie etwa weiter sexuelle Kontakte abstreiten?«, seufzte Frau Hartmann. »Bitte geben Sie doch endlich auf! Leugnen ist ohnehin zwecklos. Mir liegt von Ihrer Nachbarin Frau Fichtner ein detailliertes Stöhnprotokoll vor.«

Jonathan schüttelte verbissen den Kopf.

»Und hier, bitte: Wir haben mit einer Überwachungskamera nachts Wärmebildaufnahmen Ihrer Wohnung gemacht. Schauen Sie, dieser kleine leuchtende Punkt hier, das ist Ihr Schniedelwutz.«

»Das sind ja Stasi-Methoden!«, brüllte Jonathan.

»Meine frühere Berufstätigkeit geht Sie gar nichts an«, antwortete Frau Hartmann gelassen. »Engagierte Bürger finden eben unter allen Umständen eine neue Arbeit.«

»Ich halte es nicht mehr aus, Jonathan!«, schrie plötzlich Antonia, in Tränen aufgelöst. »Bitte beende doch dieses unerträgliche Versteckspiel und gestehe dieser Frau endlich unsere unsterbliche Liebe!«

»Ich weiß gar nicht, wovon Sie reden, Fräulein Müller«, sagte Jonathan. »Haben Sie wieder Ihre Tabletten nicht genommen?«

»Es tut mir leid, Jonathan, aber ich halte das nicht mehr aus. Ich mache Schluss und ziehe wieder zu meiner Mutter.«

Antonia holte zwei offenbar längst gepackte Koffer aus dem Abstellraum, eilte durch den Flur und schlug die Wohnungstür hinter sich zu.

»Bitte, Herr Schmidt«, lachte Frau Hartmann, »verschonen Sie mich mit Ihrer inszenierten Trennung! Was glauben Sie, wie viele Versuche dieser Art ich wöchentlich zu sehen bekomme? Schauspielerisch war das von Ihrer Geliebten zugegebenermaßen klasse, Ihnen würde ich allerdings nur eine Vier minus geben. Wo war denn bitte die Verzweiflung?«

»Sie irren sich, Frau Hartmann. Meine große Liebe hat mich gerade wirklich verlassen. Ich gratuliere Ihnen, Sie haben gewonnen.«

»Von wegen, ich gratuliere Ihnen! Sie haben gerade noch rechtzeitig Ihre illegale Partnerschaft beendet, bevor ich mich zu einem Bußgeldverfahren entschlossen hätte. Mir soll's egal sein, Hauptsache, der Fall ist geklärt.«

Frau Hartmann lief zum Ausgang, während sie ihr Formular vom Klemmbrett zog und zusammenfaltete. Während sie die Treppe hinunterstieg, brüllte ihr Jonathan mit letzter Kraft hinterher: »Sind Sie jetzt froh, ein weiteres Liebespaar getrennt zu haben?«

»Liebespaare gab's früher«, antwortete Frau Hartmann, ohne sich umzudrehen. »Heute gibt's Bedarfsgemeinschaften.«

Demotivationsschreiben

Viele Menschen, die das Glück haben, arbeitslos zu sein, werden leider von Bütteln des Staates dazu gezwungen, sich um offene Stellen zu bewerben. Diese Unglücklichen stehen vor einem Problem: Wie schafft man es, abgelehnt zu werden? Insbesondere, wenn man wirklich über Talente verfügt? Hier als Hilfestellung ein von mir entworfenes Demotivationsschreiben, eine immer passende Anti-Bewerbung als Musterbrief:

Sehr geehrte Damen und Herren!

Meine Fallmanagerin hat mich dazu aufgefordert, mich auf die von Ihnen ausgeschriebene Stelle zu bewerben. Ich tue dies, wie ich Ihnen gern mitteilen möchte, nicht freiwillig. Die besagte Sachbearbeiterin, die doch selbst bloß durch Zufall ihre erbärmliche Stelle beim Arbeitsamt ergattert hat und sonst genauso wie ich auf der Straße sitzen würde, hat mich auf unanständige Weise unter Druck gesetzt. Sie behauptete, meine monatlichen Bezüge könnten gekürzt oder sogar ganz gestrichen werden, wenn ich mich nicht bei Ihrer Firma bewerbe. Eine Minderung meines Einkommens aber könnte ich nicht verkraften. Offen gestanden, meine Damen und Herren, ich brauche das Geld dringend, um mir auch weiterhin Drogen kaufen zu können.

Es wäre auch nicht ehrlich von mir, wenn ich Ihnen verschwiege, dass ich auf die angebotene Stelle nicht die geringste Lust verspüre. Es hat gar nichts damit zu tun, was Sie in Ihrem

Betrieb so produzieren. Es mögen Gummistiefel oder Salatgurken, Panzerabwehrraketen oder Lokalzeitungen sein. Nein, ich bin an und für sich der Arbeit abgeneigt. Das gewöhnliche Geschwätz verdammt meine Einstellung als Faulheit. Ich verstehe mich aber selbst vielmehr als Virtuosen des Müßiggangs. Buchstäblich nichts zu tun, erfordert ein Höchstmaß an Disziplin wie auch an Fantasie. Ich kann einen ganzen Tag lang auf meinem Bett liegen und mich in das arabeske Muster der Tapete vertiefen, ohne auch nur einen Augenblick der Langeweile zu empfinden. Auf diese Fähigkeit bin ich zugegebenermaßen nicht wenig stolz. Buddhisten benötigen Jahrzehnte, um ein solches Maß an Seelenruhe und geistiger Stille zu erreichen. Es wird Ihnen einleuchten, dass ein so außergewöhnlicher Mensch wie ich nicht in einer gewöhnlichen Beschäftigung verheizt werden darf.

Sie hätten in Ihrer Firma auch wahrlich keine Freude an mir. Niemand hat weniger Erfahrung mit produktiver Tätigkeit als ich. Schwielen sucht man auf meinen Händen vergebens. Man kann sagen, dass ich gleichsam noch Jungfrau in der Arbeit bin. Wollen Sie sich allen Ernstes erdreisten, mir die Unschuld zu rauben? Nein, diese Rohheit traue ich Ihnen keineswegs zu. Vielleicht hat Ihnen die arrogante Trine vom Arbeitsamt, die mich herumkommandieren will, obwohl sie zehn Jahre jünger ist als ich, gesagt, dass ich in der Vergangenheit durchaus schon einmal ein Praktikum absolviert habe. Das mag sein. Was sie Ihnen aber verschwiegen haben wird, ist die Tatsache, dass ich dieses Beschäftigungsverhältnis kündigte, indem ich meinem damaligen Chef die Nase brach. Verstehen Sie das bitte nicht als Drohung! Es handelt sich lediglich um eine gut gemeinte Warnung. Der Mann, der sich mein Boss nannte, wollte mir doch tatsächlich verbieten, während der Arbeitszeit zu trinken und meinen Arsch zu fotokopieren.

Einen Lebenslauf habe ich diesem Schreiben absichtlich nicht beigefügt. Meine Lebensgeschichte geht Sie nämlich – verzeihen Sie mir bitte den unflätigen Ausdruck – einen Scheißdreck an. Dafür habe ich Ihnen anbei einige Adressen aufgeschrieben, unter denen Sie Nacktfotos von mir im Internet finden können. Aber gut, so viel sei wenigstens verraten: Ich habe irgendwo mein Abitur gemacht, studierte im Anschluss einige Semester Philosophie, Landschaftsgärtnerei und Ausdruckstanz in verschiedenen Städten und wohne heute wieder bei meiner Mutter. Das ist auch so eine Frau, die mir dauernd erzählt, wie gut es für mich wäre, wenn ich endlich wieder einen Job fände und unter Menschen käme. In Wahrheit will sie sich nur zu Hause in Ruhe mit ihrem neuen Macker vergnügen. Angeblich arbeitet der als Versicherungsvertreter, aber wenn Sie mich fragen: Der Kerl sieht aus wie ein Zuhälter. Ich kann gut verstehen, dass mein Vater damals abgehauen ist, obwohl ich es schon zu schätzen gewusst hätte, wenn er wenigstens in lockerer Verbindung mit mir geblieben wäre. Als ich in der Klinik lag, hätte ich mich jedenfalls über einen Besuch oder wenigstens einen Brief von ihm sehr gefreut. Jetzt habe ich mich doch glatt ein bisschen verquatscht. Wir kennen uns ja nicht einmal und ich entblöße vor Ihnen meine persönlichen Verhältnisse! Einen Führerschein besitze ich übrigens nicht.

Verzichten Sie doch bitte darauf, mich zu einem Vorstellungsgespräch einzuladen. Ich sage Ihnen klipp und klar: Wenn bei mir so ein Brief eintrudelt, gehe ich zum vorgeschlagenen Termin lieber in den Puff. Sie würden also Ihre sicher kostbare Arbeitszeit mit mir verschwenden. Sie säßen wartend vorm kalten Kaffee, während Chantal mir einen Champagner einschenkt, bevor sie mir dann oben Erleichterung verschafft. Ich habe manchmal das Gefühl, dass sie der einzige Mensch auf der Welt ist, der mich versteht. Sie werden jetzt spotten und sagen: Du Idiot, sie will doch nur dein Geld und interessiert sich für dich in Wahrheit nicht im Geringsten. Aber ich sage Ihnen: Chantal ist anders. Sie hat das Glück gehabt, ihre Leidenschaft zum Beruf machen zu können, und geht ihrer Arbeit mit einer Freude nach, die ich niemals empfinden werde. Ihr einziges Werkzeug ist ihr Körper, den sie mit seltener Geschicklichkeit und Anmut beherrscht. Es gibt niemanden, den ich mehr bewundere.

Was wollen Sie mich denn bei einem Vorstellungsgespräch überhaupt fragen? Glauben Sie, in einer lächerlichen halben Stunde einem komplexen Charakter wie dem meinen gerecht werden zu können? Würden Sie sich wirklich nicht entblöden, mir so sterbenslangweilige Fragen wie die nach meinen persönlichen Stärken und Schwächen zu stellen? Sparen Sie sich die Einladung, ich schreibe es Ihnen gleich hier: Meine größte Stärke ist meine Bescheidenheit. Und meine größte Schwäche ist es, dass ich nie die Wahrheit sagen kann. Und was wollen Sie mir denn anbieten? Es gibt kein Gehalt, das dem Gehalt meiner Persönlichkeit entspricht, keinen Verdienst, der meine Verdienste ausreichend würdigen könnte. Mit freundlichen Grüßen! Es würde mich sehr freuen, wenn wir uns nie persönlich kennenlernen.

Karikaturen

Neulich im Supermarkt begegnete ich einer Karikatur. Nicht beim Blättern am Zeitungsregal, sondern beim Warten an der Kasse. Vor mir stand ein kräftiger Mann mittleren Alters, dessen Outfit die Blicke aller anderen Kunden auf sich zog. An den Füßen trug er Badelatschen, die den Blick auf schwarze Socken freigaben. Passend dazu war er in eine handelsübliche Jogginghose geschlüpft, die bereits Spuren häufigen Gebrauchs zeigte. Über der Gürtellinie behauptete ein Trikot, er sei ein Fußballnationalspieler namens Podolski, was mir aber zweifelhaft schien. Am kahlrasierten Kopf war ein knautschiges Gesicht mit Knollennase befestigt. Aufs Band legte er an der Kasse nur ein Exemplar der *Bild*. Während wir so warteten, fielen meine Blicke auf seinen geröteten Nacken. Ich dachte daran, dass die Amerikaner ihre Landbevölkerung Rednecks nennen, weil den Bauern früher bei der Feldarbeit die Sonne den Nacken rot brannte. Der Mann vor mir sah haargenau so aus, wie in Comedy-Shows oder Polittalks ein Hartz-IV-Empfänger dargestellt wird, ein Arbeitsloser, ein sozial Benachteiligter, umgangssprachlich: ein Proll.

Verwandeln sich die Menschen allmählich in Karikaturen ihrer selbst? Auf den Gedanken kam ich schon vor Jahren bei einem Besuch in Berlin. Es ist ja längst kein Geheimnis mehr, dass der einst wilde Prenzlauer Berg sich durch den Prozess der Gentrifizierung in ein Wohnquartier für junge Akademikerfamilien verwandelt hat. Es geht die Sage, dass dort, wo früher Anarchisten in besetzten Abbruchhäusern Brandanschläge besprachen, jetzt geschniegelte Schwaben in Designercafés sitzen und ihr nächstes Kunstprojekt planen. Ich kann dieses Gerücht bestätigen, denn ich beobachtete besagte Szene vom Nachbartisch aus. Inzwischen häufen sich in Prenzlauer Berg die Brandanschläge auf Autos mit schwäbischen Kennzeichen. Es handelt sich bei diesen Gewaltakten aber wohl eher um ein letztes Aufflackern langsam verlöschender Wut. Wo sich einmal das Geld niedergelassen hat, lässt es sich nicht mehr vertreiben. Vor einer Weile hörte man noch davon, dass am 1. Mai in Prenzlauer Berg ein Naziaufmarsch zeitweise blockiert wurde. Unter den Gegendemonstranten befand sich auch Wolfgang Thierse, der zu den Ureinwohnern des Bezirkes gehört und selbst über die Gentrifizierung klagt. Laut Medienberichten wurde er in seinem zivilen Ungehorsam von Demonstranten mit dem Slogan »Thierse, blockierse!« angefeuert. Nach mehrmaliger Aufforderung durch die Einsatzkräfte der Polizei räumte er jedoch seinen Sitzplatz widerstandslos.

Die Berliner Nächte verbrachte ich damals in einem relativ preisgünstigen Hostel im Bezirk Friedrichshain. Das Zimmer wurde nur von einer Lampe mit rötlichem Schirm beleuchtet, deren Helligkeit nicht zum Lesen eines Buches ausreichte. Im gegenüberliegenden Zimmer wohnten, so stellte ich bald fest, drei Briten. Das Klischee besagt ja nun, dass Engländer insbesondere im Urlaub ihre Zeit ausschließlich darauf verwenden, sich hemmungslos zu betrinken. Auch dieses Vorurteil bestätigte sich leider voll und ganz. In einer der Nächte erwachte ich aus meiner Tiefschlafphase, weil die Engländer sich eine halbe Stunde lang bemühten, die Tür ihres Zimmers aufzuschließen. Unablässig sangen sie dazu eine einzige Zeile: »Drink! Drink! Drink the World!« Die Welt austrinken – diese Engländer hatten wahrlich einen metaphysischen Durst. Wenn ich mich nicht irre, wird in der indischen Philosophie der Wille zum Leben als Durst bezeichnet, den man aber durch Askese und Weltflucht überwinden müsse. Ich stimme dem nur bedingt zu: Der beste Weg, den Durst zu überwinden, scheint mir immer noch das Trinken zu sein. Manche Sprachforscher haben sich darüber gewundert, dass es im Deutschen wie im Englischen zwar ein allgemein gebräuchliches Wort für das Gegenteil von hungrig gibt, aber keinen entsprechenden Begriff für den Durst. Wenn man nicht mehr hungrig ist, ist man satt, aber was ist man, wenn man keinen Durst mehr verspürt? Die Erklärung für dieses eigenartige Phänomen scheint mir aber einfach: Weder die Deutschen noch die Engländer befinden sich je in einem Zustand, in dem sie nicht mehr durstig sind.

Den dritten Beleg für meine These lieferte die Rückfahrt von Berlin nach Dresden. Dass der Zug verspätet und überfüllt war, muss ich eigentlich nicht besonders erwähnen, außer vielleicht, um zu erklären, warum ich nicht einfach den Sitzplatz wechselte. Ich saß im Waggon mit einer Gruppe amerikanischer Schüler, die aus unerfindlichen Gründen in einem Regionalexpress quer durch Deutschland reiste. Jeder kennt ja diese amerikanischen Teenager-Komödien, in denen Heranwachsende ihren Schniedel in Apfelkuchen stecken und ähnlich delikate Dinge passieren. Man denkt sich: Nun ja, das sind humoristische Übertreibungen. Unmöglich kann es solche Knallchargen in Wirklichkeit geben. Nun stellte ich aber fest: Doch, es kann. Die amerikanischen Teenager verhielten sich wie amerikanische Teenager in amerikanischen Teenager-Filmen. Sie trugen Baseballmützen verkehrt herum auf dem Kopf, hörten scheußliche Musik und steigerten ihre Lautstärke mit jeder neue Dose *Faxe Extra Strong*. Ihre Sätze bestanden nie aus mehr als vier Worten, meistens in wechselnder Reihenfolge: fuck, jerk, shit und dude. Ihre größte Freude war es, wenn sich wieder einmal ein Passagier unfreiwillig in der Toilette eingesperrt hatte. Dann musste nämlich der Schaffner kommen und den Trick erklären, mit dem sich die Tür wieder öffnen ließ. Nach quälenden Stunden war ich zum ersten Mal in meinem Leben froh, in Elsterwerda aussteigen zu dürfen.

Wie kommt es, dass Mensch und Karikatur sich immer ähnlicher werden? Sind die Filmemacher so gut, dass sie die Wirklichkeit in ihren Filmen perfekt ins Bild setzen? Oder sind die

Zuschauer so blöd, dass sie anfangen, ihr Leben so zu führen, wie es ihnen die Schauspieler vormachen? Es ist die Frage nach Huhn oder Ei. Fest steht nur, dass immer mehr Leute sich selbst in die Pfanne hauen.

Wie gern hätte ich in den Kopf des fremden Proleten neulich vor mir an der Supermarktkasse geschaut! Was ging wohl darin vor, was dachte er? Vielleicht ja Folgendes: Heute begegnete ich im Supermarkt einer Karikatur. Nicht beim Blättern am Zeitungsregal, sondern beim Warten an der Kasse. Hinter mir stand ein etwas schwächlicher Mann jüngeren Alters. Offenbar war er gerade erst aus dem Bett gekrochen, denn er war noch ungewaschen. Dass er außerdem schwerstens verkatert war, sah man auch noch aus einigen Metern Entfernung. Am pelzig verwachsenen Schädel war eine schwarze Klugscheißerbrille befestigt. Aufs Band legte er an der Kasse nur ein Brot, eine Packung Orangensaft und ein Glas Würstchen. Ich dachte daran, wie wir früher auf dem Schulhof solche Würstchen wie ihn immer vermöbelt haben. Der Typ hinter mir sah haargenau so aus, wie in Comedy-Shows ein Student dargestellt wird, ein Künstler, ein Intellektueller, kurz: ein Taugenichts.

Nackt

Gelegentlich bittet mich meine Liebste, sie mal in die Sauna zu begleiten. Wenn ich dieses Ansinnen ablehne und nach einem Grund gefragt werde, kann ich nur antworten: Ich will nicht nackt in einem Raum mit nackten Leuten sitzen, die ich nicht kenne. Das ist natürlich hochgradig verklemmt. Es ist außerdem eine höchst merkwürdige Einstellung von einem Sohn der Deutschen Demokratischen Republik, die als Paradies der Freikörperkultur weltbekannt war. Die Ostdeutschen hatten die Weisheit, dass man einem Nackten nicht in die Tasche greifen kann, neu interpretiert: Wenn wir schon nichts in der Tasche haben, dann können wir auch gleich nackt gehen. Mir aber war dieser Hang zur Entblößung nie so ganz geheuer.

Natürlich lernte man als Kind eine Menge, wenn man sogar beim Besuch ganz normaler Badeseen den menschlichen Körper unverhüllt zu Gesicht bekam. Mein Wissen im Bereich der Physik erweiterte sich schnell. Frauen, so sah ich mit eigenen Augen, waren besonders der Schwerkraft ausgesetzt, während Männer ihr (wenn auch oft nur in sehr kleinem Maßstab) trotzen konnten. Aber nicht alles war sehenswert. Manch ein Körper schrie geradezu nach Verhüllung. Echten Anhängern der FKK-Bewegung genügte solcher Badespaß natürlich nicht. Wie es sich für Deutsche gehört, gründeten sie Vereine und Lager, in denen die Nacktheit zur Pflicht erhoben wurde. Bekleidete Menschen hatten in solchen Sperrgebieten nichts zu suchen. Alles wurde nackt erledigt. Diese Nudisten mögen mir verzeihen, aber es gibt wirklich keinen lustigeren Anblick als erwachsene Menschen, die nackt den Rasen mähen oder Tischtennis spielen. Bald wurde diese FKK-Bewegung in der DDR dann staatstragend. Bei der Parade zum Republikgeburtstag winkten die nackten Genossen von einem eigenen Wagen Erich Honecker zu.

Die Nacktheit hatte als Ausdruck des Protestes gegen das Spießbürgertum einst sicher ihren Sinn. Der junge Goethe zum Beispiel musste wegen seiner Leidenschaft für das entblößte Baden vor erzürnten Schweizer Bergbauern flüchten. Und hundert Jahre später ließ dann Hermann Hesse gegen die Prüderie des deutschen Kaiserreiches die Hosen runter. Aber bald mündete das alles in einen Körperkult, der nichts Rebellisches mehr hatte. So ließ denn auch die neuerdings wieder hochgeschätzte Nazi-Filmemacherin Leni Riefenstahl gerne nackte Arier durchs Bild hüpfen, um die Schönheit des deutschen Volkskörpers zu preisen. Sie selbst hatte in jungen Jahren oft in Bergfilmen mitgespielt, was ihr im Volksmund den Kosenamen »Reichsgletscherspalte« einbrachte. Man munkelt ja immer noch, dass sie zu den wenigen Frauen gehörte, die den Führer nackt sehen durften. Sie dürfte daran keine große Freude gehabt haben.

Für Skandale sorgt die Nacktheit heute in westlichen Ländern kaum noch. Vorbei die Zeiten, in denen man, wie Thomas Mann in einer Novelle erzählt, in Italien verhaftet wurde, weil man seine Kinder unbekleidet am Strand spielen ließ. Vorbei die Zeiten, in denen der noch unbekannte Edmund Stoiber seinen ersten politischen Feldzug gegen illegale Nudisten in München führte. Vorbei die Zeiten, in denen der DDR-Kulturminister Johannes R. Becher an der Ostsee zu einer nackten Frau sagte: »Schämen Sie sich nicht, Sie alte Sau?« Die alte Sau stellte sich dann als Anna Seghers heraus. Inzwischen ist der nackte Körper in der Gesellschaft voll akzeptiert. An den Nacktbadern am Ostseestrand stören sich höchstens noch polnische Politiker. Inzwischen soll es sogar schon Gruppen geben, die für das Recht kämpfen, auch in der Öffentlichkeit nackt herumlaufen zu dürfen. Ich habe nichts dagegen, solange es nicht zur Bürgerpflicht erhoben wird.

Vor einer Weile erlebte Deutschland eine hitzige Diskussion, in der es um Nacktscanner ging – Apparate, die an Flughäfen die Menschen durchleuchten sollen, damit niemand mehr Sprengstoff in der Unterhose oder eine Panzerfaust im Anus an Bord schmuggeln und damit Unheil anrichten kann. Da sagt nun der eine: Die Terroristen werden immer fantasievoller, wir brauchen die Nacktscanner für unsere Sicherheit. Und da sagt der andere: Die Nacktscanner greifen in unsere Intimsphäre ein, wir dürfen unsere Grundrechte nicht außer Kraft setzen lassen. Wer von beiden recht hat? Das weiß ich auch nicht. Ich möchte an dieser Stelle nur warnend ein Problem ansprechen, über das sich leichtfertigerweise mal wieder niemand außer mir Gedanken macht: Es kann ja sein, dass die Nacktscanner Terroristen abschrecken, aber was ist mit den ganzen zeigefreudigen Exhibitionisten, die von ihnen angelockt werden? Für die wird so eine Sicherheitsschleuse ja zum Tor ins Paradies!

Bei dieser Gelegenheit machten sich auch zum ersten Mal »Die Piraten« in der Öffentlichkeit bemerkbar. Ihre Proteste gegen die Nacktscanner waren ganz modern übers Internet organisiert: Per SMS und Twitter verabredeten sich spontan hunderte Menschen an Flughäfen und zogen sich nackig aus. Das nennt man »Flashmob«, zu Deutsch: Blitzpöbel. Mir kam die schlichte Frage in den Sinn: Wieso demonstriert jemand nackt gegen die Einführung von Nacktscannern? Offenbar entblößen sich die jungen Leute, die auf keinen Fall von Apparaten am Flughafen entblößt werden wollen, gern vor einigen Millionen Fernsehzuschauern. Muss ich das verstehen?

Wo immer heute gegen irgendetwas demonstriert wird, kann man sich sicher sein, dass eine Gruppe von Aktivisten auf die total freche, spektakuläre und gerade deswegen medienwirksame Idee gekommen ist, sich nackig zu machen. Es gibt da dieses schöne Foto, aufgenommen auf einer Messe in Hannover: Einige junge Frauen mit entblößtem Oberkörper und Protestparolen auf der nackten Haut stürmen auf Wladimir Putin und Angela Merkel zu. Personenschützer werfen sich aufgeregt dazwischen, die Bundeskanzlerin wendet sich säuerlich und betreten ab, nur Putin behält die Ruhe: Er lächelt verschmitzt, spitzt seine Lippen zur lüsternen Schnute, und scheint zu denken: »Na, schau mal einer an! Nicht schlecht! Das ist der neue Feminismus: heiße Miezen, die mir ihre Titten zeigen? Das lass ich mir gefallen! Was hat die Kleine da auf ihre Brüste geschrieben? Fuck Putin? Na, aber sicher doch, meine Süße! Komm doch mal näher, ich schreib dir noch meine Telefonnummer dazu!« Bei den jungen Frauen handelte es sich um Aktivistinnen der Gruppe »Femen«. Diese Organisation, gegründet in der Ukraine, aber inzwischen weltweit aktiv, setzt sich für Frauenrechte ein. »Unsere nackten Brüste sind unsere Waffen«, sagen die Frauen über sich selbst. Aber seltsam: Von nennenswerten Verlusten auf der Gegenseite hat man bisher noch nichts vernommen. Die Waffen scheinen harmlos wie Theaterschwerter. An nackten Brüsten besteht in unserer Öffentlichkeit doch eher kein Mangel. Wer sich öffentlich entblößt, erregt weder Schauder noch Schrecken, sondern bestenfalls ein Schmunzeln oder ein anerkennendes Nicken.

Als vor einhundert Jahren Frauen in Großbritannien um das Wahlrecht kämpften, zeigten sie nicht ihre Möpse, sondern traten in den Hungerstreik, warfen Schaufensterscheiben ein und jagten mit einer Bombe das Haus des Schatzkanzlers in die Luft. Protest, das war noch vor nicht gar so langer Zeit eine handfeste Sache und ist es in großen Teilen der Welt noch immer. Wer früher protestierte, der legte die Arbeit nieder, der boykottierte Unternehmen und blockierte Straßen, der zündete Sachen an oder prügelte sich mit der Polizei. Diese Zeiten sind im Westen aber so ziemlich vorbei. Manch Revolutionsnostalgiker wird es bedauern, die meisten freut es. Es geht nun nicht mehr darum, Macht zu demonstrieren. Die jungen Leute, die heute auf die Straße gehen, haben ja keine. »Alle Räder stehen still, wenn dein starker Arm es will«, so konnte noch der gute alte Proletarier singen. Die Studenten, Künstler und Dauerpraktikanten, die heute protestieren, können kaum streiken, weil sie gar nicht arbeiten oder binnen einer Viertelstunde ersetzt wären.

Was heute gefragt ist, heißt: »kreativer Protest«. Er ist nicht ernst, sondern symbolisch. Kreativer Protest will nicht die Verhältnisse umstürzen, sondern anderthalb Minuten Sendezeit in der *Tagesschau* erringen. Dazu braucht es eine gekonnte Inszenierung. Unterhaltsam muss es sein – für die Zuschauer vorm Fernseher, aber auch für die Demonstranten selbst, die sich sonst kaum noch auf die Straße locken lassen. Also verkleiden sich Umweltschützer als Bäume und jonglieren mit Kettensägen. Also schlüpfen Tierfreunde in Robbenkostüme und lassen sich mit Tomatensaft begießen. Gefragt sind spannende Unterhaltung und witzige Einfälle: humorvoll, fröhlich, positiv. Der kreative Protest fordert keine Rechte ein, sondern spekuliert auf Neugier und Sympathie. Er will das Publikum gewinnen, nicht verschrecken. Er ist darum immer unterwürfig, wie provokant er sich auch gebärdet: »Hallo! Bitte nehmt uns wahr! Bitte nehmt uns ernst! Schaut doch wenigstens mal, wie viel Mühe wir uns gegeben haben!« Und wirklich erbarmen sich Angela Merkel und Joachim Gauck ab und zu und bekunden ihr Wohlgefallen über diese engagierten jungen Leute. Aber ein Protest, der gefallen will, der sich sogar über das Lob von oben freut – ist das überhaupt einer? Demonstriert, wer kreativ protestiert, nicht bloß, dass er eigentlich einverstanden ist?

Wenn sich auch weiterhin allerorten Demonstranten demonstrativ entkleiden, dann werde ich demnächst eine Nacktdemonstration gegen Nacktdemonstrationen anmelden.

Der Turmfortsatz

Das Licht des frühen Tages tröpfelte vom blauen Himmel, wanderte durch die Zweige der Bäume wie durch ein Nudelsieb und floss in sahnigen Strähnen hinab auf das Pflaster, wo es ein schlafendes Tier, die ruhende Stadt Dresden, in ihren melodischen Träumen wärmte. Scipio Schulze schlenderte die Wurzelleite hinab in Richtung des Dornröschenringes. Immer wieder blickte er auf die Sanduhr an seinem rechten Handgelenk, denn es blieben nur noch wenige Stunden bis zur Feier der Aluminium-Hochzeit seiner Schwiegereltern. Ihm war bewusst, dass er den Baron von Hosenlatz und seine Frau Adelgunde keinesfalls enttäuschen durfte. Noch viel weniger hätte seine Frau Mandy das Scheitern seiner Mission entschuldigt, in letzter Zeit hatte er ohnehin ein nicht abzustreitendes Nachlassen ihrer Liebe (gerade untenherum) verspürt.

Er beschleunigte seine Schritte und bemerkte kaum die freundlichen, aber auch misstrauischen Grüße der Anwohner. Er achtete nicht auf den Medizinalrat Prof. Hans-Joachim Hammer, der seine Unterhosen auf der Veranda zum Trocknen aufhängte. Er ignorierte den stellvertretenden Bezirkssekretär Willi Hirsch, der im Vorgarten sein Parteiabzeichen bügelte. Er verschwendete keine Sekunde im Gespräch mit Dorothea von Drüsenfeld, einer Sopranistin der Semperoper, die gerade grün glänzende Kaiser-Wilhelm-Äpfel vom Baume schüttelte, um aus ihnen wie in jedem Jahr mit Hilfe einiger Prisen Importzimt leckeren Apfelmus zuzubereiten, den sie dann an ihre hundert engsten Freunde gegen Devisen verschenkte.

Plötzlich aber ward Scipio Schulzes Blick durch den rissigen Anstrich eines Gartenzaunes gefesselt. Jenes aquamarine Blau, es versetzte ihn augenblicklich zurück in seine Jugend auf dem Schloss Hinterschinken in Westpreußen. In eben jenem Aquamarin hatten die Augen von Maria geglänzt, seiner ersten großen Liebe. Nie hatte er es damals gewagt, ihr seine kindliche Liebe zu gestehen, zu groß war seine Furcht gewesen, genau im entscheidenden Moment des Gesprächs könnte einer der prallgrünen Pickel platzen, den die Akne vulgaris in jenen Tagen auf seinem Antlitz blühen ließ wie den schießenden Kohl im Garten seines Großvaters, der zu dieser Zeit gerade Lebensraum im Osten eroberte. Noch immer verbarg Scipio Schulze ein Foto von Maria vor den neugierigen Blicken seiner Frau Mandy im Nachtschränkchen und betrachtete es in seltenen Stunden der einsamen Freude.

Plötzlich fand sich Scipio Schulze vor einer Straßensperre. Ein Polizist mit dem braunfaltigen Gesicht einer Kunstlederjacke aus volkseigener Produktion trat auf ihn zu und hielt ihm einen Gummiknüppel an den pulsierenden Adamsapfel.

»Halt Genosse!«, brüllte er mit der Stimme eines erzgebirgischen Mastochsen. »Zeigen Sie mir Ihren Passierschein, Klasse F!«

Im Hintergrund sah Scipio Schulze einen anderen Volkspolizisten, der im Schatten des Kontrollhäuschens Geschlechtsverkehr mit einem Schaf hatte. Diese verdammten Kommunisten, dachte Scipio, nicht einmal vor Tieren schrecken sie mehr zurück.

»Klasse F?«, beschwerte er sich. »So einen Schein haben wir hier doch noch nie gebraucht!«

»Jetzt brauchense den aber!«, brüllte der Kontrolleur zurück.

Im Schatten des Wachturms briet inzwischen sein Kollege einen Säugling am Spieß. Diese verdammten Kommunisten, dachte Scipio, nicht einmal vor Kindern schrecken sie mehr zurück.

»Schauen Sie«, versuchte Scipio jetzt, den Polizisten zu beruhigen, denn er dachte an die Wichtigkeit seines Auftrags, »ich habe hier zufällig gerade einen Auspuffkrümmer Simson S51/70 Enduro verchromt dabei.«

Das Gesicht des Polizisten begann zu leuchten wie eine Portion Schweinskopfsülze bei Vollmond.

»Genau so einen suche ich seit Jahren!«, flüsterte er in verdatterter Beglückung, beinahe in erschütterter Ekstase. »Verdammte sozialistische Mangelwirtschaft! Also gut, ich stelle Ihnen jetzt provisorisch einen Passierschein B aus. Ist zwar gegen die Vorschrift, aber was soll's! In sechs Jahren ist eh Wende, was macht das jetzt noch für einen Unterschied.«

Die Schranken öffneten sich für Scipio Schulze. Auf der anderen Seite strahlte die Sonne doppelt hell, atmete der Wind mit der Kraft zweier Lungen, prangte der Himmel mit einer Bläue, die ihn an den Stillen Ozean erinnert haben würde, hätte er diesen je zu Gesicht bekommen. Scipio schaute hinunter ins Elbtal. Sein Blick folgte dem Lauf der Elbe, die sich majestätisch in ihrem Tal räkelte wie eine schlafende Prinzessin. In der Altstadt klaffte eine schändliche Lücke, wo einst in besseren Tagen der Sandsteinbusen der Frauenkirche sich gewölbt hatte. In dunstiger Ferne sah er die Plattenbauten der Neubaugebiete, aus denen der Wind ein unablässiges Wimmern der Verzweiflung herübertrug.

Schon aus einiger Entfernung sah Scipio Schulze die Schlange, die ihren Schwanz aus der Bäckerei *Riviera* geschoben und ihn drei Mal um den Block gewickelt hatte. »Verdammte sozialistische Mangelwirtschaft!«, brüllte er im Flüsterton, doch erschrak sogleich. Wusste er denn, ob nicht jenes Eichhörnchen, das vor ihm übers Pflaster hüpfte, verwanzt war oder gar bei DENEN arbeitete? Er stellte sich schweigend an und betrachtete die angsterfüllten Gesichter der anderen Wartenden, durch deren Haut die Verzweiflung schimmerte wie eine Leberwurstschnitte durch fettiges Butterbrotpapier. Auf einer Tafel las er die Angebote des Tages: Gurkenplätzchen, Sellerietorte, Popelkuchen. Scipio sorgte sich: Würde er für die Aluminium-Hochzeit seiner Schwiegereltern noch das versprochene Stück Eierschecke besorgen können?

Erst in den Abendstunden konnte er das Geschäft betreten. Mit dem Schrecken eines Verdurstenden, der in der Wüste mit einem Handstreich eine Fata Morgana in Luft auflöst, sah er, wie ausgerechnet sein schwuler Schwager Theobald sich das letzte Stück Eierschecke von der Auslage heben und einpacken ließ. Ausgerechnet Theobald, der die Bäckerin sicherlich mit Valuta bestochen hatte, die er für sein hierzulande verbotenes Manuskript im Westen vom fantastischen Verlag *Suhrkamp* großzügig vorgeschossen bekommen hatte.

»Was wünschen Sie?«, fragte müde die müde Bäckerin mit dem Blick einer müden Bäckerin.

Scipio hatte keine Wahl, nun musste er sich entscheiden, es war die schwerste Stunde seines Lebens, ein Moment, der über sein restliches Dasein entscheiden konnte.

Zitternd näherte sich Scipio wieder seinem Zuhause, dem Arschmitohrenhaus, in dem er zusammen mit seiner Frau und sechsundzwanzig Mietparteien das Ende des Sozialismus und den Anstieg der Grundstückspreise abwartete. Dunkel war es inzwischen geworden. Die Kühle des Abends kräuselte Scipio die Achselhaare. Zögerlich nahm er seine Winzermütze ab. Endlich wagte er es, die Klingel zu betätigen, eines von Beethovens späten Streichquartetten ertönte.

Mandy, seine Frau, öffnete die Tür, blickte ihn missmutig an und verschränkte die Arme.

»Die Feier ist längst in vollem Gange«, fauchte sie.

»Ich bin innerlich zerschmettert, Mandy!«, rief Scipio und legte in seine Stimme den Ton äußerster Zerknirschung. »Aber es gab keine Eierschecke mehr! Verdammte sozialistische Mangelwirtschaft! Stattdessen habe ich eine Streuselschnecke mitgebracht.«

»Eine Streuselschnecke? Naja, nicht so schlimm. Hauptsache, du bist wohlbehalten zurück und wurdest nicht verhaftet.«

Mandy konnte ihre tiefe Enttäuschung kaum verbergen. Um ihre Augenwinkel spielte sichtbar der Schatten einer Lust, demnächst nach Ende der Spätschicht im Kohlenkeller mit dem Postboten zu schlafen. Sie versuchte, sich zusammenzureißen. Doch ihr Lächeln war schief wie ein Vergleich von Uwe Tellkamp.

Mut zur Courage

Oft und gern spricht man in Deutschland über Zivilcourage. Was ist das überhaupt? Zivilcourage ist in unserer Sprache ein Fremdwort. Wie kommt es wohl, dass wir uns die Zivilcourage von gleich zwei fremden Völkern, den alten Römern und den neuen Franzosen, ausborgen müssen? Offenbar reicht uns der deutsche Mut nicht, ja nicht einmal die Kühnheit, die Tapferkeit und die Furchtlosigkeit zusammen ergeben Zivilcourage. Erklären kann man sich das wohl so: Die Deutschen zeigten Mut in ihrer Geschichte immer nur auf Befehl. Auf Kommando stürmten sie auf dem Schlachtfeld voran und sprangen dem Erbfeind tapfer an die Gurgel. Aber wieder zu Hause wurde von den Kriegshelden kein Mut mehr verlangt, sondern Gehorsam. Hier galt es, den Anordnungen des Kaisers, Führers oder Staatsratsvorsitzenden Folge zu leisten, ansonsten still zu sein und sich unauffällig zu verhalten. Dass man auch im alltäglichen Leben, also in Zivil, Mut zeigen kann, war den Deutschen so fremd, dass sie seltene Fälle dieser Art Courage nannten. Denn die unerreichten Meister des zivilen Ungehorsams, von den Deutschen drum bewundert und verachtet, sind nun einmal die Franzosen. Was die Deutschen hingegen sehr gut können: über Zivilcourage debattieren und sie energisch von anderen einfordern.

Mit zwei ortsfremden Freunden namens Maik und Sebastian drängelte ich mich einmal in einer Sommernacht durch die Alaunstraße in Dresden.

»Was ist denn hier los?«, fragte mich Sebastian. »Ist heute irgendein Fest oder so?«

»Nein«, erwiderte ich. »Sobald im Frühjahr die Temperaturen den Gefrierpunkt überschreiten, versammelt sich in den Nächten die Jugend der ganzen Stadt hier auf dieser Straße, um das Leben zu feiern. Gelegentlich kommt es zu kleineren Rangeleien, meist aber herrscht eine Atmosphäre des Friedens und der Freude, wie sie nur eine Kombination von maßvollem Alkoholgenuss, schönem Wetter und aufkeimender Sexualität zustande bringt.« Die beiden nickten anerkennend.

Da geschah vor unseren Augen Folgendes: Zwei junge Männer näherten sich einem anderen jungen Mann, der sich mit Hilfe von zwei Krücken fortbewegte. Sie traten ihm die Krücken weg, sodass er auf die Straße fiel. Dann lachten sie den am Boden Liegenden aus und zückten ihre Mobiltelefone, um den Hilflosen zu filmen.

»Das haben die jetzt nicht wirklich gemacht, oder?«, fragte Sebastian. Es ist erstaunlich, mit welcher Schnelligkeit der Körper reagiert, wenn er in eine solche Ach-du-Scheiße-das-passiert-ja-gerade-wirklich-jetzt-musst-du-es-beweisen-Situation gerät. Die Frequenz der Herzschlags beschleunigt sich augenblicklich auf das Doppelte, ein finsteres Grollen erschallt aus der Magengrube, die Muskeln zucken nervös, der Blick wird starr.

»Ihr lasst jetzt sofort den Mann in Ruhe!«, rief Maik und schritt auf einen der beiden Täter zu.

»Wieso denn, macht doch Spaß!«, rief der andere und kickte lachend eine Krücke quer über die Straße. Ein Kreis von Gaffern hatte sich inzwischen gebildet. Ich fummelte in meiner Tasche nach dem Telefon, um die Polizei rufen zu können. Wieso grinsten da diese Typen am Straßenrand so dämlich? Filmte da nicht einer mit? Maik fasste den ersten Täter am Hemd und deutete einen linken Schwinger an.

Da ging der zweite dazwischen und rief:

»Halt! Stopp! Alles okay, Alter! Alles easy! Das war bloß ein Test!«

Wir standen verwirrt. Der Gestürzte erhob sich lachend und trat ganz ohne die Hilfe von Krücken an uns heran.

»Wir machen eine Studie über Zivilcourage«, sagte er. »Wir testen das Verhalten der Menschen. Ihr habt echt gut bestanden, alles in bester Ordnung!«

»Ihr seid doch bescheuert, ihr Arschgeigen!«, erwiderten wir einstimmig. Eine seltsame Mischung aus Erleichterung und Zorn rieselte durch unsere Leiber. In der nächsten Kneipe werteten wir das Erlebte aus: Diese Idioten hatten uns zu Versuchskarnickeln gemacht, vermutlich um sich mit dem Testergebnis bei »Verstehen Sie Spaß?« zu bewerben oder ihren Soziologieprofessor zu beeindrucken. Wir waren in die Hände von deutschen Helden gefallen.

Es gibt freilich auch unter den Deutschen lobenswerte Beispiele für Mut im Alltag. Ich habe einen Freund, der das Maximum dessen verkörpert, was man unter Zivilcourage verstehen kann. Er zieht die Notbremse, wenn im Zug Judenwitze erzählt werden. Er legt sich mit Schaffnern an, die sich weigern, Behinderten beim Ausstieg zu helfen. Er faltet Frührentner zusammen, die sich über den Lärm von spielenden Kindern beschweren. Dieser Mann ist ein Muster des Mutes, ein Prachtexemplar seiner Gattung, und verdient es gewiss, wenn ich ihm hier ein bescheidenes Denkmal setze, indem ich seinen Namen mitteile: Es handelt sich um den Dresdner Dichter Stefan Seyfarth.

Mich selbst hingegen kann ich in Sachen Zivilcourage nicht sonderlich rühmen, denn ich bin ein Mensch, der von Natur aus eher zur Feigheit neigt. Mir fällt nur ein nennenswertes Erlebnis ein: Meine Liebste und ich waren eben aus dem Urlaub zurück, wir standen auf dem Bahnhof des alten Flughafens Berlin-Schönefeld und warteten auf den letzten Zug nach Dresden, der sich verspätete. Eine rote Regionalbahn machte sich derweil zur Abfahrt in die brandenburgische Steppe bereit. Drei besoffene Jugendliche stolperten über den Bahnsteig in Richtung des Zuges. Einer von ihnen konnte sich nicht mehr auf den Beinen halten und sackte auf den Boden.

»Los, steh uff!«, brüllte ihn einer seiner beiden Kumpels an. »Das ist der letzte Zug, den müssen wir kriegen!«

Währenddessen winkte der zweite verzweifelt dem Zugführer, der dem Geschehen mit behaglichem Lächeln aus seinem Fensterchen zusah. Bald verschwand das Gesicht, die Türen schlossen sich und der Zug setzte sich pünktlich in Bewegung.

»So eine Scheiße!«, fluchten die beiden Jungs, die sich noch auf den Beinen halten konnten.

Ihr Kollege am Boden sah dem abfahrenden Zug gleichgültig hinterher. Wahrscheinlich glaubte er sich durch seine innere Wärme für eine Nacht im Freien ausreichend gewappnet. Seine zwei Freunde schleppten ihn in ein gläsernes Wartehäuschen auf dem Bahnsteig, wo sie auf den Schreck erst einmal drei neue Biere öffneten. Ein offenbar obdachloser alter Trinker saß schon dort und stieß mit den drei Jungs auf eine goldene Zukunft an.

Wir harrten unterdessen weiter der Ankunft unseres Zuges, die angezeigte Verspätung erhöhte sich alle zehn Minuten um zehn Minuten.

»Guck mal, der haut den!«, sagte meine Liebste plötzlich.

Und wirklich: Der besoffenste der drei Teenager schlug den Obdachlosen auf den Kopf. Die anderen Wartenden auf dem Bahnsteig, die das Geschehen so wie wir bemerkt hatten, verkrümelten sich leise. Ich öffnete die Tür des Wartehäuschen und fiel plötzlich ganz instinktiv in die Rolle meines alten Physiklehrers:

»Was ist denn hier los?«, rief ich.

Augenblicklich zerrten seine zwei Freunde den Schläger von dem Alten fort. Einer rannte auf mich zu: »Eh, alles okay, nicht die Polizei rufen, ja? Der schlägt den nicht mehr, versprochen! Der ist bloß besoffen! Alles okay, ja? Sie rufen nicht die Polizei, ja?«

Ich versprach ihm, nicht die Polizei zu rufen, wenn hier keine Scheiße mehr passiere. Der geprügelte Alte lächelte inzwischen wieder so unbeschwert, als ob er im Suff die Schläge für Liebkosungen gehalten hätte. Wir verließen das Wartehäuschen.

Die Jugendlichen und der Alte tranken gemeinsam weiter in unverwüstlicher Harmonie.

Ich bin mir nicht sicher, ob ich diese Heldentat minderen Ausmaßes auch vollbracht hätte, wenn meine Liebste nicht dabei gewesen wäre. Eine Freundin berichtete mir einmal von einer Studie, vermutlich erstellt von amerikanischen Wissenschaftlern, nach welcher der Mut eines Menschen messbar zunehme, wenn er von einer liebenden Person berührt wird. Das klingt nicht abwegig, denn jeder dürfte schon einmal verspürt haben, was eine Hand auf der Schulter auslösen kann. Dass Liebe Mut schenkt, ist keine ganz neue Einsicht. In der Armee der griechischen Spartaner waren jene Einheiten für besondere Tapferkeit bekannt, in denen Paare liebender Männer gemeinsam kämpften. Als meine Liebste und ich in unserem Zug nach Dresden saßen, erzählten wir dem Schaffner von dem Vorfall und fragten, ob er nicht zur Sicherheit jemanden dort vorbeischicken könne.

»Ich werde das mal melden«, sagte er. Seine Gesichtsmuskulatur modellierte derweil den Satz: »Ja, ja, Arschlecken!«

Jedes Jahr im Februar wird in Dresden ein öffentlicher Kampf um die Erinnerung an die Bombardierung der Stadt im Jahr 1945 ausgetragen. Dem Dresdner Februar verdanke ich eines der deprimierendsten Erlebnisse meines Lebens. Mein schon erwähnter Freund und Kollege Stefan Seyfarth und ich hatten die schlechte Idee gehabt, nach einer Lesung in Leipzig am 14. Februar mit dem Regionalexpress zurück nach Dresden zu fahren. Im Leipziger Hauptbahnhof machte sich schon vor dem Bahnsteig ein Block von einhundert schwarz vermummten Gestalten bemerkbar. Polizisten in Kampfmontur bewachten die Türen des Zuges. Waren es Antifaschisten oder Neonazis, die da auf die Reise zur Demonstration in die Landeshauptstadt warteten? Wir konnten uns nicht sicher sein, bekanntlich haben die sogenannten autonomen Nationalisten in den letzten Jahren ihr Äußeres immer mehr dem ihrer Gegner angepasst, tragen Palästinensertücher und Che-Guevara-Shirts. Dass die Rechten den Linken ihren Stil entwenden, ist übrigens kein neues Phänomen. Die frühe Skinhead-Kultur in England war bekanntlich auch eine proletarische Spielart des Punk, bevor rechte Hooligans das Outfit okkupierten. Die Rechten müssen sich notwendigerweise immer bei den Linken bedienen, wenn sie sich in der Opposition befinden und sich als Rebellen gerieren wollen. Eine eigene revolutionäre Tradition haben sie ja nicht, sie kennen nur die Macht und den Gehorsam in Uniform. Die grobschlächtigen Gesichter verrieten trotz aller schwarzen Tarnung die braunen Kameraden letztlich doch.

Wir setzten uns in den Zug und hofften darauf, dass die Polizisten diese Horde wenigstens in separate Waggons sperren würden. Das taten sie denn auch: unter anderem in unseren. Noch unangenehmer als für uns war das gewiss für die russischen Kinder, die neben uns Platz genommen hatten. Mit einem Schlag stürmte die Truppe den Zug, begleitet nur von wenigen gepanzerten Ordnungshütern, die sich an den Türen postierten. Das Kräfteverhältnis betrug ungefähr zweihundert zu zwei, sodass selbst Stefan Seyfarth die Faust in der Tasche ließ. Die nächsten anderthalb Stunden verbrachten wir in hautnahem Kontakt mit Menschen, die man gern einige hundert Meilen von sich entfernt hätte. Die Luft wurde stickig. Nichts passierte. Das waren nicht mehr die betrunkenen Schläger in Bomberjacken und Springerstiefeln aus den Neunzigern, die uns heute als fast schon komische Figuren erscheinen. Nein, geduldig standen da in den Gängen des Zuges hoch disziplinierte und erschreckend normale Faschisten. Man merkte: Sie hatten Anweisung, auf der Anreise keinen Anlass zur Klage zu geben, um ihr Ziel auch sicher zu erreichen. Ein Anführer lief durch die Reihen und hielt die Kameraden durch Späße und ideologische Schulung bei Laune. Charlotte Knobloch, damals die Vorsitzende des Zentralrates der Juden in Deutschland, sehe immer aus, »als wäre sie gerade mit dem Besen gelandet«. Eine ganz eigene Theorie hatte sich der kleine Führer zurechtgelegt: »Ich bin mir sicher, Charlotte Knobloch und Angela Merkel sind ein und dieselbe Person. Oder habt ihr die beiden schon einmal zusammen gesehen?« Dann hielt er einen Vortrag zum Nahostkonflikt. Das Mitleid eines Nationalsozialisten müsse den Palästinensern im Gaza-Streifen gelten. Deren Raketenabschüsse seien kein Terror, sondern nur Selbstverteidigung gegen die Übermacht die Juden. Die »Protokolle der Weisen von Zion« bewiesen ja, dass die Zionisten die Errichtung Israels lange schon geplant hätten. Der Holocaust sei nur ein von den Juden erfundener Vorwand gewesen. Man müsse ja nur bei *Wikipedia* die Einwohnerzahl Israels nachschlagen und könne sehen, dass die angeblich ermordeten Juden heute dort lebten.

In Coswig nutzten wir die Gelegenheit, um uns aus dem Zug zu drängeln. Hinter uns grinsten die Stärkeren im frohen Bewusstsein ihres Sieges. Sie hatten den Zug in eine national befreite Zone verwandelt und niemand hatte ihnen das Territorium streitig gemacht. Während sie triumphierten, standen Stefan und ich schweigend auf dem Bahnsteig, nicht einmal als Besiegte, sondern nur als Untätige. Eine Regionalbahn aus Elsterwerda fuhr ein. Wir schluckten kurz, als sich wieder hunderte schwarz vermummte junge Menschen ins Freie ergossen. Aber sogleich erklangen »Antifascista«-Rufe und wir waren erleichtert. Die Antifaschisten stimmten den Schlachtruf »Nazis klatschen, das macht Spaß!« an, stürmten über die Gleise und stiegen mit uns in die S-Bahn ein. Wir begaben uns ins Fahrradabteil, in dem auch einige Fans von Dynamo Dresden saßen. Sie waren gerade auf dem Weg zum Spiel. Ihre Sympathie mit den Antifaschisten hielt sich in Grenzen:

»Dieses Zeckenpack! Was sich in Deutschland alles herumtreiben darf!«, brüllte ein Schwarzgelber.

»Die sollten diese ganzen beschissenen Demonstrationen alle verbieten!«, ergänzte ein anderer.

Er dürfte die Meinung der meisten Dresdner treffend formuliert haben. Stefan und ich verließen den Zug beim Bahnhof Dresden-Neustadt, erschöpft und missmutig. An einem Vormittag hatten wir sämtliche Konfliktparteien Dresdens getroffen – nur Demokraten waren wir nirgends begegnet.

»Verbieten müsste man sowas!« – Dieser Satz zählt gewiss zu den liebsten Marksprüchen der Deutschen. Die Bücherverbrennung der Faschisten ist in der Geschichte unseres Landes ja leider kein Einzelfall. Wenn aber heute vielfach über eine angebliche neue Zensur geschrien wird, dann scheint mir das unangebracht. Wir leben heute in einer permissiven Gesellschaft. Früher durfte man vieles nicht sagen und eine kleine Anspielung, ein halb versteckter Witz, eine Ironie konnte von der größten Wirkung sein. Heute hingegen darf jeder alles sagen, es bewirkt aber meistens nichts. Menschen, die heutzutage davon reden, die Meinungsfreiheit werde von einer Zensur der Political Correctness unterdrückt, sind entweder Ignoranten oder heuchlerische Maulhelden. Leider hat die Marketingstrategie dieser Möchtegernverfolgten, die sich selbst als Märtyrer im Kampf gegen eine angebliche Diktatur des Mainstreams inszenieren, beim breiten Publikum unvermindert großen Erfolg. In den Talkshows sitzen Leute, die zur besten Sendezeit Israel kritisieren, und behaupten, man dürfe in Deutschland ja Israel nicht kritisieren. Von den Titelseiten der Zeitungen grinsen immer neue Arschgesichter, die schreiben dürfen, dass Türken dumm, Griechen faul und Neger Neger sind – und die dabei beteuern, man dürfe in Deutschland so etwas ja nicht schreiben. Jeder Vollidiot fühlt sich berechtigt, hirnverbrannten Stuss unter dem Vorwand der politischen Unkorrektheit ins Publikum zu trompeten. Die Journaille nimmt solche gefahrlosen Provokationen mit Kusshand auf, die Öffentlichkeit klatscht Beifall oder empört sich erwartungsgemäß. Sobald ihnen widersprochen wird, jaulen die Maulhelden: »Seht ihr! Man will mich unterdrücken!« Sie selbst wären aber die ersten, die bei Gelegenheit ihre Gegner mundtot machen würden. Leider haben selbst renommierte Schriftsteller in jüngerer Zeit diese erbärmliche Taktik nicht verschmäht. Es ist eine betrübliche Sache. Karl Marx schreibt irgendwo, die bürgerliche Gesellschaft habe die Religionsfreiheit gar nicht verwirklicht, denn anders als das Wort verspreche, sei die Gesellschaft ja gar nicht frei von Religion. Gelegentlich muss ich unwillkürlich Ähnliches über die Pressefreiheit denken.

Ich möchte damit jedoch nicht einer Einschränkung der Meinungsfreiheit das Wort reden. Zum Abschluss meine unmaßgeblichen Gedanken zu dieser Frage. Zunächst einmal führt schon das Wort »Meinungsfreiheit« in die Irre, denn Meinungen befinden sich nur in den Köpfen und lassen sich naturgemäß gar nicht unterdrücken. Man sollte also von Redefreiheit sprechen, denn es kann nur um die Äußerung von Meinungen gehen. Eine Rede aber ist eine Handlung. Und Taten können durch das Gesetz verboten werden, wenn sie die Rechte von Menschen verletzen. Es spricht also prinzipiell nichts dagegen, wenn zum Beispiel bestimmte Lügen verboten werden. Trotzdem hat auch das Modell einer völligen Redefreiheit, wie sie in den USA praktiziert wird, einen gewissen Reiz. Es spricht für ein großes Vertrauen in den Sieg der Vernunft im öffentlichen Diskurs, wenn man selbst Beleidigungen, Lügen und Hasspropaganda nicht verbietet. Jedenfalls scheint es mir, als sollte man die Grenzen der Redefreiheit lieber zu weit als zu eng fassen. Das gleiche Prinzip scheint mir auch für den Umgang mit Nazis richtig. Es spricht nichts dagegen, kriminelle Organisationen wie die NPD, die nachgewiesenermaßen Straftaten begünstigen, zu verbieten. Aber ich möchte denen, die fordern, man solle Naziaufmärsche verbieten, widersprechen. Ich bin dafür, dass die Nazis marschieren, denn dann kann man sie sehen und nachzählen. Freilich ist es dann stets auch legitim, ihnen den öffentlichen Raum durch passiven Widerstand streitig zu machen. Wer auf diese Weise zivilen Ungehorsam übt, der möge aber bitte auch die juristischen Konsequenzen standhaft hinnehmen. Wenn man schon Rosa Luxemburg spielen will, dann sollte man doch bitte vor Gericht nicht rumjammern und seine Unschuld beteuern, sondern beherzt wie Rosa vor der Frankfurter Strafkammer ausrufen: »Ein Sozialdemokrat flieht nicht. Er steht zu seinen Taten und lacht Ihrer Strafen. Und nun verurteilen Sie mich!«

Am Rand

Wann immer ich einen Plattenbau sehe, werde ich ein wenig melancholisch. Das liegt nicht nur an der eher bedrückenden Ausstrahlung von WBS 70 und WHH GT 18. Ich erinnere mich bei solchen Gelegenheiten an die zwei Jahre, in denen ich gemeinsam mit Leuten von einem Kulturverein eine Lesereihe in einem Plattenbauviertel am Rande von Dresden organisierte, bis man uns die Fördergelder strich. Der Stadtteil Prohlis ist den meisten Einwohnern nur aus Witzen bekannt. Der Ursprung des Wortes liegt in der slawischen Bezeichnung für Wiesenland, es ist nur eine perfide Ironie der Sprachgeschichte, dass man bei seinem Klang sogleich an das Proletariat denken muss. In den späten Siebzigern hatte man an der Stelle des alten Dorfes Prohlis zehntausend Neubauwohnungen für glückliche Arbeiter aus dem Boden gestampft. Nach der Wende nutzten aber viele die erste Gelegenheit zur Flucht. Es blieben die Leute, die sich keine schönere Wohnung leisten können. Und die Alten, die keinen Umzug mehr wagen möchten, der nicht unter die Erde führt. Und jene Tapferen, denen es in ihrer Plattenwohnung gefällt und die ihr Viertel nicht kampflos dem Verfall überlassen möchten.

Einmal im Monat machte ich mich am frühen Freitagabend auf und schwang mich in die Straßenbahnlinie mit der unheilvollen Nummer 13. Eine knappe Stunde war ich unterwegs. Je näher ich dem Rand der Stadt kam, desto leerer wurde die Bahn. Zuerst stiegen die Studenten aus, dann die Angestellten, dann die Familien. Übrig blieben alleinerziehende Mütter, Trinker und ein paar Jugendliche. Kurz vor der Endstation Prohlis stieg ich aus und passierte ein Einkaufszentrum. Einmal rannte dort eine dürre junge Frau mit einer Plastiktüte in der Hand an mir vorbei. Ein stämmiger Kerl in der Uniform eines Sicherheitsdienstes verfolgte sie und brüllte: »Halt, stehenbleiben!« Die Frau hatte genug Vorsprung, um zu entkommen, blieb aber plötzlich mitten auf der Straße unschlüssig stehen und ließ sich festnehmen, ohne Widerstand zu leisten.

Auf einem Parkplatz hinter dem Supermarkt baute man mehrmals im Jahr eine Art Rummel auf und feierte eine der Jahreszeiten. Merkwürdig wenige Leute sah man zwischen den Wurstbuden und Bierständen oder vor der Bühne, auf der Schlager gesungen wurden. Das Feuerwerk am Ende schauten sich die meisten Einwohner wahrscheinlich auch aus ihren Fenstern an. Am Tag vor den Festen warf man den Leuten immer Verzehrgutscheine im Wert von einigen Euro in die Briefkästen, aber nicht einmal das brachte sie dazu, ihre Hintern bis vor die Haustür zu bewegen.

Auf dem Bürgersteig lag einmal im Winter eine alte Frau. Zusammen mit einem anderen Passanten versuchte ich, ihr aufzuhelfen. Aber sie war zu besoffen und kippte immer wieder um.

»Ich will zu meinem Lebensgefährten«, sagte sie immer wieder und fügte mehrmals hinzu: »Lasst mich in Ruhe, ihr Fotzen!«

Wir riefen einen Krankenwagen, die Sanitäter begrüßten die alte Frau wie eine gute Bekannte.

In einer niedrigen, aber liebevoll renovierten Baracke erwarteten mich dann die stets enthusiastischen Leute vom Verein. Da war zum Beispiel ein Liedermacher, der immer CDs von Gerhard Gundermann in die Stereoanlage schob, bis einmal ein Mann von der GEMA kam und das untersagte. Oder eine Frau in bunten Gewändern mit wallendem weißem Haar, die alle Gäste in Gespräche über den Sinn des Lebens verwickelte. Oder Uwe, der für den reibungslosen Ablauf der Abende sorgte. Minutiös achtete er darauf, dass der vorher besprochene Ablaufplan eingehalten wurde. Er hatte früher beim Theater gearbeitet und lief vor dem Beginn jeder Lesung mit einem Wecker durch die Baracke, um es drei Mal klingeln zu lassen.

Eingeladen hatte ich immer Autoren, die ich selbst mochte oder auf die ich neugierig war. In dieser Baracke am Rande der Stadt erlebte ich einige der schönsten Lesungen meines Lebens. Ich bin mir ziemlich sicher, dass es auch den meisten Autoren trotz der ungewohnten Umgebung gefallen hat. Auf jeden Fall nahmen sie stets mehr Geschichten mit nach Hause, als sie mitbrachten, denn die Zuschauer hatten nicht weniger zu erzählen als die Schriftsteller. Ich erinnere mich an die allererste Lesung, die an einem warmen Abend im Spätsommer stattfand. Ein hagerer Mann mit zerfurchtem Gesicht tauchte in einem dunklen Anzug auf. Später erst erfuhr ich, dass man ihn auch Johnny Cash von Prohlis nannte. Er erzählte mir, er komme gerade von der Beerdigung seines besten Freundes, der vor kurzem mit zweihundert Sachen gegen den Pfeiler einer Autobahnbrücke gefahren sei.

»Schon als wir damals als junge Kerle die Kneipen unsicher gemacht haben«, so fuhr der Man in Black fort, »hat er immer zu mir gesagt: Mein Freund, ich werde keines natürlichen Todes sterben. Und er hat es wahr gemacht.«

Unangenehm wurde es eigentlich nur einmal bei einer Lesung, als ein dicker, betrunkener Nazi sich unter die Zuschauer gemischt hatte und ständig dazwischenrief. Dass es sich um einen Nazi handelte, erkannte man nicht nur am Reichsadler auf seinem T-Shirt, sondern auch daran, dass er in der Pause sagte: »Ich bin übrigens Nazi!« Ansonsten bestand das Publikum meist aus wenigen, aber aufmerksamen, ja begeisterten Gästen. Doch so gelungen die Lesungen auch waren, die Zahl der Besucher schrumpfte über die Monate beständig, manchmal saßen nur noch Bekannte in den Reihen. In der Pause gingen alle nach draußen vor die Tür, um zu rauchen. Keine zehn Meter von uns ragte ein Siebzehngeschosser in den Himmel, in dem einige hundert Leute vor ihren Fernsehern saßen. Nach dem Schlussapplaus standen wir immer noch lange an der Bar, tranken Flaschenbier und fragten uns, wieso es unmöglich war, die Leute dieses Stadtteils aus ihren Sesseln oder die Leute der anderen Stadtteile aus ihren Stadtteilen hierher zu locken.

Spät nachts in der Straßenbahn zurück nach Hause, umringt von grölenden Jugendlichen auf dem Weg in die Diskothek, beschlich mich dann oft das nagende Gefühl der Vergeblichkeit. Aber gab es für mich eigentlich Grund zur Klage? Immerhin durfte ich nach Hause fahren und musste nicht mein ganzes Leben da draußen am Rand verbringen. Auf der Strecke passierte ich jedes Mal die unsichtbare Mauer, die den Rand der Stadt von ihrem Zentrum trennt, jene Mauer, die im ganzen Land zwischen Plattenbau und Gründerzeit steht, zwischen Sonnenstudio und Theater, zwischen Hauptschule und Gymnasium, jene unsichtbare Mauer, die keine friedliche Revolution je zum Einsturz bringen wird.

Istanbul in der Krise

Es war vor einigen Jahren: Meine Liebste und ich verbrachten unsere Ferien in Istanbul. Versehentlich hatten wir uns auf einen jener Basare verirrt, wo man Touristen teure Teppiche andreht. Von der großen Weltfinanzkrise, die in jenen Tagen begann, war hier noch nichts zu spüren. Die Gassen des Marktes waren überfüllt mit Ausländern, die interessiert die Auslagen beäugten, von allen Seiten brüllten die Händler: »Hello! Bonjour! Bittescheen! Buy here, very cheap, very nice!« Sie gaben sich alle Mühe, dem europäischen Klischee vom Orient zu entsprechen. Wir hatten aus dem Reiseführer gelernt, wie man sich verhalten muss, wenn man keinen Teppich mit in die Heimat nehmen möchte: nicht antworten und zielstrebig durchs Getümmel laufen. Ich beging aber doch den Fehler, einmal »Nein, danke!« zu erwidern. Ein junger Händler sprang mir sogleich zur Seite und redete auf mich ein. Ich schüttelte nur verzweifelt den Kopf und beschleunigte meine Schritte. Noch hundert Meter verfolgte er mich, dann akzeptierte er endlich: »Nein« kann manchmal auch »Nein« bedeuten. Er blieb stehen und rief mir einige Worte hinterher, von denen ich annehme, dass sie »Schade!« oder »Vielleicht beim nächsten Mal!« bedeuteten.

Wir flüchteten erschöpft in eine Seitenstraße. Hier herrschte plötzlich völlige Stille. Ein einsamer Müllsammler war mit einer Karre voller Schrott unterwegs, Kinder kickten einen Fußball gegen graue Häuserwände. Und ein paar Katzen lagen in der Sonne.

Kaum hatten sie uns entdeckt, da schlichen sie auch schon heran und strichen miauend um unsere Beine. Erwartungsvoll, ja fordernd blickten sie zu uns herauf. Wir hatten aber weder Fleisch noch Milch in unseren Taschen. Die Katzen merkten: Bei uns war außer Streicheleien nichts zu holen, und so schnell, wie sie gekommen waren, verdrückten sie sich wieder. Treulose, gierige Geschöpfe! Wir kehrten auf die laute Hauptstraße zurück. Die Händler winkten uns schon freundlich entgegen.

Wir machten uns auf den Weg, um die Hagia Sophia zu besuchen. »Salomo, ich habe dich übertroffen!«, soll Kaiser Justinian ausgerufen haben, als der Bau dieser größten Kirche der Christenheit beendet war. Ein paar Jahrhunderte später eroberten aber die Türken Konstantinopel, Gott hatte offenbar die Seiten gewechselt. Und die Hagia Sophia wurde zur Moschee. Man entfernte die Kreuze und überpinselte die Mosaike. Wir strichen durch das riesige, zugige Gemäuer, das heute ein Museum ist. An den Islam gemahnen eigentlich nur fünf riesige, kreisrunde Schrifttafeln im Innenraum: Auf ihnen stehen in goldener arabischer Schrift auf schwarzem Grund die Namen Mohammeds und der ersten vier Kalifen geschrieben. Die Eroberer hatten die Tafeln aufgehängt, um ihre Ansprüche zu bekräftigen. Ich musste an einen Jungen in unserer Grundschule denken, der den anderen in der Frühstückspause immer die Süßigkeiten klaute: Er nahm sie ihnen weg und leckte sogleich daran, um sie für immer in Besitz zu nehmen.

Am Abend überquerten wir das Goldene Horn und erklommen den Hügel, auf dem sich das Vergnügungsviertel Beyoğlu befindet. Hier ist Istanbul kaum von anderen europäischen Metropolen zu unterscheiden, auf der Istiklal Caddessi reihen sich Geschäfte und Bars aneinander. Wir hatten uns mit einem Freund verabredet, der gerade in Istanbul studierte, und trafen ihn vor dem Eingang des Hauses, in dem er wohnte.

»Wollen wir vielleicht zusammen kochen und Fisch essen?«, schlug er vor. »Im Supermarkt gibt's heute Zackenbarsche im Sonderangebot!«

»Gern«, erwiderte meine Liebste. »Aber wir müssten die Fische bestimmt noch ausnehmen, oder? Kannst du das?«

»Das ist kein Problem. Ich hab gerade zwei Freunde aus Hessen zu Gast, die beide Betriebswirtschaft studiert haben. Die nehmen ja ständig Leute aus, also sollte das doch auch bei Fischen kein Problem sein.«

Im Supermarkt waren die Fische auf einem großen Tisch aufgehäuft. Viele Kunden ließen Barsche in weiße Plastiktüten gleiten. Auch wir kauften schließlich fünf.

Die beiden Hessen rollten gerade die Schlafsäcke im Wohnzimmer zusammen, als wir mit den frischen Fischen die Wohnung betraten. Sie warfen einen Blick in die Tüte und boten sofort an, die Zubereitung zu übernehmen. Während sie in der Küche lärmend hantierten, saßen wir im Wohnzimmer, tranken einige Gläser Wein und diskutierten die neuesten Nachrichten: Riesige Banken standen vor der Pleite und sollten mit Steuergeld gerettet werden, amerikanische Familien flogen aus ihren Häusern, weil niemand sie rettete. Einmal kamen die beiden Hessen kurz herüber: Sie hatten sich die ausgenommenen Fische wie Puppen über die Hände gestülpt.

»Guten Tag, liebe Frau Barsch, wie fühlen Sie sich?«

»Nicht so gut, lieber Herr Barsch! Ich spüre so eine innere Leere!«

Es war schon kurz vor Mitternacht, als die Fische endlich in einen genießbaren Zustand überführt waren. Der Appetit war mir eigentlich schon vergangen, aber ich wollte die Küchenarbeit würdigen und aß, so viel ich konnte. Ich bat die beiden jungen Manager um ihre Expertise zur Wirtschaftslage. Einleuchtend erklärten sie uns die Wirkung der faulen Immobilienkredite in den USA, die Spekulation mit längst wertlosen Papieren.

»Leider hab ich auch Geld verloren«, ergänzte dann einer der beiden überraschend. »Meine Anlagen auf Island sind wohl futsch.«

»Wie kommt man denn darauf, Geld bei einer Bank in Island anzulegen?«, fragte ich unbedarft.

Er lächelte und zuckte mit den Schultern: »Da gab es eben die beste Rendite.«

Ich war eine ganze Weile sprachlos, so einleuchtend war diese Antwort.

Im Gebirge

Es gibt Rätsel, die für mich immer ungelöst bleiben werden. Zum Beispiel, wieso Menschen Freude daran haben, Skat zu spielen. Stundenlang am Tisch sitzen, zählen, fluchen, rechnen, über Regeln streiten, wieder zählen, wieder rechnen – Skat ist ein Kartenspiel für Beamte, schlimmer noch, ein Kartenspiel für deutsche Beamte. Es gibt einen Skatverband, Skatvereine, Skatordnungen und ein Skatgericht in Altenburg. Kein Wunder, dass außerhalb Deutschlands sich kein Mensch für diesen Beamtensport interessiert. Nur in Deutschland besteht man darauf, sogar die Freizeit ordnungsgemäß durchzuführen. Das Skatspiel ist aus dem Schafkopf hervorgegangen, und zwar in jeder Hinsicht.

Ich sitze mit Freunden abends in einem Ferienhaus in einem kleinen Dorf im Zittauer Gebirge, nicht weit von der tschechischen Grenze. Als sich die Skatfreunde zu ihrem unseligen Treiben zusammenrotten, bleibt dem denkenden Teil der Reisegruppe nichts übrig, als ihre tiefsinnigen Gespräche am Nachbartisch zu führen. Es geht um Gott. Mein Freund Max ist dafür, ich dagegen.

»Ihr Heiden kommt sowieso alle in die Hölle«, argumentiert Max. »Aus welchem Grund soll man denn nicht an Gott glauben?«

»Erinnerst du dich an Willy Tanner, den Adoptivvater von Alf?«

»Na klar, das war ja der netteste Mensch auf Erden!«

»Der lebt jetzt als Junkie auf der Straße und dreht Schwulenpornos, um sich Geld für Crack zu beschaffen«. Max schweigt betreten. »Kannst du dir einen Gott vorstellen, der solchem Elend zuschaut?«

Am Nachbartisch wird es unerträglich laut, weil irgendjemand eine falsche Karte auf den Tisch gelegt hat. Nichts ist schlimmer als die Rechthaberei von erfahrenen Skatbrüdern, die schon im Vorhinein genau wissen, wie ein Spiel ablaufen wird. Wir flüchten aus dem Haus und unternehmen einen kleinen Spaziergang. Es ist eine herrliche Nacht: Ringsum in den Bergen herrscht Stille. Ein heftiger Wind treibt Wolken am Mond vorüber. Gelegentlich fällt warmer Regen. Wir erreichen den Marktplatz des Dorfes und setzen uns auf eine Bank, um schweigend die Idylle zu genießen.

Bald darauf öffnet sich die Tür eines benachbarten Hauses. Ein alter Mann tritt ins Freie. Er trägt nur eine Jogginghose und ein Unterhemd. Eine Weile lang schaut er in unsere Richtung, aber er bemerkt uns nicht oder entscheidet sich dafür, uns zu ignorieren. Dann beginnt er, ausgiebig zu furzen. Minutenlang hallt im ganzen Tal das Echo wider. Danach zieht er seine Hose ein Stück herunter und pisst in seinen eigenen Vorgarten. Als er fertig ist, kehrt er gemächlich zurück und schaut sich noch einmal um, bevor er die Haustür wieder hinter sich schließt. Max und ich sitzen fassungslos auf unserer Bank. Geht die Sparsamkeit dieser Bergbewohner so weit, dass sie die Segnungen des modernen Wasserklosetts verschmähen? Oder markiert der alte Mann regelmäßig sein Revier, um tschechische Grenzbrecher abzuschrecken?

»Wir müssen noch weiter weg!«, ruft Max plötzlich und springt auf. »Raus aus dieser ganzen verdammten Zivilisation!«

Dann rennt er los, stürmt einen Hügel hinan wie ein betrunkener Kobold, immer auf den finsteren Wald zu. Ich eile ihm nach, kann ihn aber nicht mehr einholen. Als ich den Waldrand erreiche, ist Max schon im Dickicht verschwunden. Ich bleibe allein zurück und mache mir Gedanken darüber, wie man in diesem entlegensten Winkel Deutschlands eine Rettungsaktion organisieren könnte. Aber nach einer Viertelstunde bricht Max wieder aus dem Wald hervor.

»Wir herrlich ist das doch, die Bäume zu umarmen, über Wurzeln zu stolpern, auf dem Waldboden zu liegen!«

Ich zucke mit den Schultern. Mir wird wieder einmal bewusst, dass sich in Max, dieser spirituellen Natur, und in mir, dem geborenen Skeptiker, zwei unterschiedliche Menschentypen reinstens ausgeprägt haben.

Wir folgen einem Weg, der am Waldrand entlangführt. Am Wegrand steht ein Schild, das von der bekannten Gastfreundschaft der Oberlausitzer zeugt: »Für Fremde kein Durchgang!« Wir lassen uns nicht abschrecken. Max zieht sein Diktiergerät aus der Tasche. Er läuft von einem Baum zum nächsten und zeichnet das Rauschen des Windes in den Zweigen auf. Dann springt er wieder heran und spielt mir unter Rufen des Entzückens die Aufnahmen vor. Aber für mich klingt das nur wie das Rascheln von Papier.

»Hörst du, Micha, wie die Bäume sich miteinander unterhalten?«

»Die diffuse Oberfläche des Laubes verursacht spezifische akustische Störungen«, erwidere ich.

Max schüttelt wütend den Kopf.

»Spürst du nicht die Energie, die hier im Gebirge aus dem Schoß von Mutter Natur strahlt?«, fragt er und wirft sich, ohne eine Antwort abzuwarten, auf den Boden, um mit einem Ohr an der Erde zu lauschen.

»Ich glaube nicht, dass es hier Strahlung gibt«, antworte ich. »Es sei denn, die Gerüchte über geheime sowjetische Atomtests im Zittauer Gebirge treffen doch zu.«

»Du bist so verteufelt vernünftig, Micha!«, ruft Max entrüstet. »Ihr gottlosen Heiden! Ich könnte wirklich nicht so leben wie ihr, so ganz ohne Sinn für das Höhere, so ganz ohne Hoffnung auf Erlösung, so ganz ohne Poesie!«

Wir setzen uns auf eine Wiese und lauschen in die Stille der Nacht. Ich hole eine Flasche Gebirgskräuterlikör aus dem Rucksack und Max dreht uns zwei Gebirgskräuterzigaretten. Unter uns, geborgen im Tal, liegt das schlafende Dörfchen, nur noch von wenigen Lichtern erhellt. Nein, ich kann nicht leugnen, dass auch mir in solchen Momenten das Universum wunderbar erscheint.

Da hören wir hinter uns plötzlich ein Knarren. Wir drehen uns um. Unter einer Wurzel tritt ein Zwerg hervor. Er streicht sich seinen langen roten Bart und lächelt uns zu.

»Wer sind denn Sie?«, frage ich mit zitternder Stimme.

»Hallo Max!«, ruft der Zwerg vergnügt.

»Glück auf!«, antwortet Max. Ihn scheint das fremdartige Wesen nicht zu irritieren. Aber Max ist auch im Erzgebirge aufgewachsen.

»Ich bin der Wurzel-Peter«, stellt der Zwerg klar. »Ihr zwee habt auf'm Dach von meiner Bude so viel Lärm gemacht, dass an Schlaf nimmer zu denken war.«

Wir entschuldigen uns und fragen höflich nach dem Befinden des Lausitzer Ureinwohners.

»Es geht so, es geht so. Früher war ich im Bergbau beschäftigt, aber das ist natürlich lange vorbei.«

»Und womit verdienen Sie Ihr Geld?«, frage ich neugierig.

»Harz«, sagt der Zwerg.

»Vier?«, frage ich.

»Nein, Harz! Ich zapfe das Harz aus den Bäumen und verkauf es als Leim an die Kunsthandwerker. Aber sagt mal, jetzt, wo wir gerade zu dritt sind, habt ihr vielleicht Lust auf einen schönen Skat?«

Max und ich schütteln gleichzeitig unsere Köpfe.

»Lieber Wurzel-Peter«, spreche ich den Zwerg ernst an. »Wir haben gerade einen Zwist. Vielleicht kann ihn ein Weiser aus den Bergen, wie Ihr es seid, beilegen. Gibt es einen Gott? Und können Menschen, die sich in dieser Frage nicht einig sind, überhaupt miteinander als Freunde auskommen?«

Lange schweigt der Zwerg und streicht sich bedächtig durch seinen roten Bart, dann sagt er: »Habt euch lieb, Kinderchen!«

»Das ist doch keine Antwort auf unsere Frage!«, rufe ich empört.

Aber Wurzel-Peter lächelt nur, dreht sich um und verschwindet wieder unter der Erde.

Max und ich sitzen noch lange still beisammen. Irgendwann schlummern wir ein, und als wir erwachen, steigt gerade die Sonne über die Gipfel der Berge.

»Man kann über Gott meckern, wie man will«, sage ich. »Aber diese Sonnenaufgänge bekommt er doch immer wieder toll hin.«

Wir kehren zum Ferienhaus zurück. Die Kollegen sitzen am Tisch und schauen nur kurz von ihren Karten auf, als wir den Raum betreten.

»Wart ihr weg?«

Die Lehren der Leere

Seltsam ist's, in einer leeren Wohnung zu wandeln. Zum Beispiel, wenn man nach einem Umzug noch einmal zurückkehren muss, um die letzten Sachen einzusammeln, bevor man auf Nimmerwiedersehen verschwindet. Nur ein paar blasse Schatten an den Wänden erinnern an die verschwundenen Regale. Einsam ruht da noch ein Staubsauger, der traurig seinen Schlauch hängen lässt. Eine vertrocknete Topfpflanze steht auf dem Fensterbrett als Mahnmal gegen das Vergessen. Der alte Putzeimer wartet zusammen mit ein paar Lappen auf seinen letzten Einsatz. Wie fremd in so einer leeren Wohnung plötzlich die eigenen Schritte klingen! Auf die eigene Stimme antwortet nur ein schallendes Echo. Da fällt einem erst auf, wie viele Worte die wehrlosen Möbel über all die Jahre geschluckt haben müssen. Man kann nur hoffen, dass sie nie etwas ausplaudern werden. Es wäre doch peinlich, täte der Schrank in der neuen Wohnung plötzlich seine Türen auf und erzählte Besuchern die intimsten Geheimnisse. Ähnlich geht es sicher dem Spiegel im Badezimmer: Wie oft musste er meinen Anblick ertragen! Und das auch in Stunden, in denen eine verschlafene, verkaterte oder verrotzte Fresse ins Glas glotzte! Es ist das tragische Schicksal des Spiegels, dass er nie die Augen schließen kann.

Als ich bemerkte, was für seltsamen Gedanken ich da nachhing, beschloss ich, meinen Freund Max anzurufen, wie oft in Stunden der Verwirrung und Einsamkeit.

»Na klar, komm doch rüber!«, erbarmte er sich. »Du kannst doch auch bei mir übernachten!«

Ich schloss ab, lief nach draußen und überquerte die Straße. Max wohnte direkt gegenüber. Nur unser beider Faulheit hatte in den letzten Jahren unseren Plan vereitelt, ein Büchsentelefon quer über die Straße zu spannen. Sein Haus unterschied sich fundamental von meinem, es war so unsaniert wie ein Gebäude im Mitteleuropa des 21. Jahrhunderts unsaniert sein konnte, ohne dem Zwangsabriss zu verfallen. Im Winter froren manchmal dic Toiletten auf halber Treppe ein. Gelegentlich warnten rote Zettel vor ausgestreutem Rattengift.

Ich öffnete die Haustür, der seit ewigen Zeiten kein Schloss mehr innewohnte. Im Hausflur, eigentlich eine Durchfahrt in den riesigen Hinterhof, bastelte ein Bewohner an seinem aufgebockten Auto. Ich grüßte ihn und stieg die Treppen hinauf. Wie immer klopfte ich laut an die Tür, weil es keine Klingel mehr gab. Max öffnete und empfing mich mit tröstlichem Kaffee. Wir traten ins Wohnzimmer und ich schaute hinüber in die leere Wohnung, die so lange meine gewesen war. In Horrorfilmen wäre es nun an der Zeit für einen unheimlichen Fremden gewesen, mir grinsend aus meinem eigenen Fenster zu winken.

»Es ist schauerlich und traurig nach so einem Auszug«, sagte ich. »Als ich einzog, war die Wohnung auch leer, gewiss, aber das war doch etwas ganz anderes: Ziehst du ein, erscheint dir die Wohnung wie ein Gefäß, das du mit deinen Träumen füllen kannst. Ziehst du aus, ist sie nur noch eine verbrauchte Hülle, die es abzustreifen gilt. So eine unheimliche Leere erinnert einen doch daran, dass man einst eine letzte Wohnung beziehen wird, in die man gar keine Möbel mitnehmen kann.«

»Du brauchst dringend ein Bier«, erkannte Max.

Wir verfügten uns schleunigst in eine Bar. Am Tresen umfingen uns Zigarettennebel, melancholische Musik und bekannte Stimmen.

»Da gehst du jetzt also nach Berlin«, sagte Max, nachdem wir eine Weile schweigend nebeneinander gesessen hatten. »Ein bisschen traurig ist das ja schon. Und du denkst, dass du da glücklich wirst, ja?«

»Ach, ich glaube, mir steht der Sinn einfach nach etwas Neuem. Zehn Jahre Leben hier in Dresden, dieser versteinerten Eierschecke, das reicht doch. Irgendwann hat man genug von dem höflichen Desinteresse, das hier als größter Erfolg gilt. Ich will einfach noch mal woanders etwas probieren, in einer Stadt, in der man wenigstens scheitern kann. Hast du nie überlegt, wegzuziehen?«

»Nein, eigentlich nicht«, erwiderte Max. »Warum sollte ich? Hier habe ich alles, was ich brauche und was ich liebe. Schon meine herrliche Wohnung! Ich bezahle ja so gut wie nichts. Wenn ich mir eine andere suchen müsste, dann bräuchte ich eine richtige Arbeit, um mir die Miete leisten zu können. Aber ich will nie wieder tagsüber in irgendeinem beschissenen Job schuften! Ich liebe einfach die Nacht, die Dunkelheit und ihren geheimnisvollen Zauber. Das Tageslicht möchte ich eigentlich immer verschlafen.«

Wir stießen an auf das seltene Glück, im Leben nur das zu tun, was man mag.

»Ich wollte gleich noch auf eine Feier, wo eine Künstlerin auflegt, die ich – absolut in Ordnung finde«, sagte Max. »Hast du Lust, mitzukommen?«

»Nein, ich gehe besser ins Bett«, antwortete ich und schüttelte den Kopf. »Ich muss morgen zeitig los.«

Ich trank aus und verabschiedete mich. Allein lief ich zurück zur Wohnung, bettete mich auf die Gästematratze und schlief prompt ein.

Am frühen Morgen weckten mich Geräusche. Aus der Küche drang Lärm, wie er entsteht, wenn ein Betrunkener versucht, sich in einem Anfall von Heißhunger noch schnell Spaghetti mit *Nutella* zuzubereiten. Kurz darauf schlich Max ins Zimmer und ließ sich auf einen Stuhl sacken. Er schaltete seine elektrische Orgel an, spielte eine wundersüße Melodei und sang dazu: »Schlaf schön, kleiner Michi! Schlaf schön ein!«

Beim Friseur

Es gibt Erledigungen, die ich regelrecht scheue und am liebsten aufschiebe, bis sie unausweichlich werden. Dazu gehört der Besuch des Friseurs. Erst wenn meine Liebste mein Gesicht nur noch ertasten kann, ich Nahrung bloß noch durch einen Strohhalm aufnehme und von Polizisten mit Betäubungsmunition beschossen werde, weil sie mich für einen entlaufenen Pavian halten, kann ich mich dazu aufraffen.

Ehrlich gesagt gehe ich sogar lieber zum Zahnarzt als zum Friseur. Der Zahnarzt ist eine männliche Sache, das tut weh, das ist Schmerz für einen guten Zweck. Der Friseur hingegen – da fangen meine Probleme schon am Telefon an: »Zu wem möchtest du denn? Zur Sabrina, zur Miriam oder zur Steffi?« Himmel, Arsch und Zwirn! Was weiß denn ich! Bin ich der griechische Held Paris, der von drei Göttinnen die schönste aussuchen soll? Ich will nur, dass mir jemand die Haare abschneidet! Ich sage meistens: »Ist mir eigentlich egal.« Die Stimme von Sabrina, Miriam oder Steffi am anderen Ende der Leitung kühlt dann immer merklich ab.

In Wirklichkeit habe ich natürlich eine Favoritin, aber es ist mir peinlich, meine Vorliebe zu offenbaren. Ich will ja nicht, dass sich die anderen Haardesignerinnen zurückgesetzt fühlen. Käme ich das nächste Mal in den Laden, würden sie kichern und hinter meinem Rücken hörbar gackern: »Ach, schau an, da kommt ja der Liebling von Miriam! Wir anderen zwei waren ihm ja nicht gut genug! Da hat wohl wieder einer sein Herz verloren?« Die arme Miriam aber liefe vor Scham rot an und würde mir aus Versehen zwei Mal ins Ohr schneiden, um jeden Verdacht einer zu großen Sympathie zu zerstreuen. Ein Trinkgeld würde sie bestenfalls gleichgültig einstecken. Bei meinem nächsten Anruf verwiese man mich darauf, dass in den nächsten Monaten nur noch der Rolf freie Termine hätte. Mir bliebe nichts übrig, als stattdessen eine Oma-Friseuse um die Ecke aufzusuchen, die mir fix einen feschen Hitlerjungenhaarschnitt verpasste.

Aber so kommt es glücklicherweise ja nicht. Ich gehe einfach zum Friseursalon und der Dienstplan teilt mir eine junge Frau zu, die mich auf einen der Stühle setzt und mir das Ganzkörperlätzchen umbindet, das mich vor meiner eigenen Behaarung schützen soll.

»Soll ich dir die Haare auch waschen?«, fragt sie.

»Ja, gern«, erwidere ich, obwohl ich mir am Morgen die Haare natürlich schon selber gewaschen habe. Es ist für mich undenkbar, aus Bequemlichkeit mit ungewaschenen Haaren beim Friseur aufzutauchen. Es gibt einfach Normen der Sauberkeit, die einem die Mutti im Kleinkindalter unauslöschlich ins Stammhirn gemeißelt hat. Andererseits verzichte ich aber auch nie auf das überflüssige Waschen beim Friseur, denn ich will nicht als Geizhals gelten.

Mit dieser ersten Entscheidung sind aber die Sorgen noch längst nicht ausgestanden. Die folterndste aller Fragen kommt danach: »Also, wie hättest du es denn gern?«

Am liebsten möchte man antworten: »Haare ab!« Aber das geht natürlich nicht. Eine so schroffe Antwort würde als Beleidigung verstanden, obwohl sie die eigenen Wünsche treffend wiedergibt. Also saugt man sich einige Sätze aus den Fingern über Ohrenfreiheit und Fransenkante. Wie macht das nur diese Frau, die sich auf dem Nachbarstuhl eine modernistische Skulptur auf den Kopf setzen lässt? Sie kann stundenlang über nichts anderes als Haare reden, über trockene Haare und dünne Haare, strapazierte Haare und anspruchsvolle Haare. Meine Haare bedürfen mit Sicherheit keiner elaborierten Explikation: Ihre Farbe ist handelsübliches DDR-Blond und sie sind so glatt, dass sich nicht einmal Locken zeigten, wenn ich sie mir bis zur Hüfte wachsen ließe. Nach ein paar Sätzen übers Wetter gehen mir daher im Gespräch die Ideen aus. Dabei heißt es doch immer, nirgends würde so viel gequatscht wie beim Friseur. So unter Druck gesetzt, verschlägt es mir aber immer die Sprache. Auch die Friseurin bricht das Gespräch schnell ab, nachdem ich ihr auf Anfrage meinen Beruf genannt habe und sie mich in ihrer mentalen Kundenkartei unter Hartz IV einsortiert hat. So hört man nichts als das Klicken der Schere, dem ich andächtig lausche, während im Spiegel langsam wieder mein Gesicht zum Vorschein kommt. Wahnsinn, das soll ich sein? Ich bin immer sehr gerührt, wenn ich mich nach so langer Abwesenheit wiedersehe.

»Soll ich dir noch was reinmachen?«, fragt die Friseurin zum Abschluss. Ich glaube, es ist eine rhetorische Frage.

»Nee«, sage ich und bedanke mich.

Die Frau vom Nachbarstuhl macht nach dem Bezahlen gleich den nächsten Termin in einem Monat aus. Sie kann es offenbar nicht ertragen, auch nur eine kurze Zeitspanne ohne die sichere Erwartung eines neuen Haarschnitts zu verbringen. Ein Leben von Friseurtermin zu Friseurtermin – so sähe für mich ein echter Albtraum aus. Ach, hätte man keine Haare mehr, man müsste sich nicht mit all diesen Sorgen herumschlagen. Es mag eine gewagte These sein, aber vielleicht ist hier einer der Gründe dafür zu suchen, warum gerade junge Männer so anfällig für den Rechtsextremismus sind.

Moralisches Fressen

»Und? Schmecken euch meine Sojarouladen?«, fragte Lisa.

»Super, ganz fantastisch!«, rief Moritz und auch ich nickte eifrig.

»Schön! Ich geh euch noch mal einen neue Flasche Wein aus der Küche holen.«

Kaum war sie durch die Balkontür nach drinnen verschwunden, da schüttelte Moritz aus seinem Ärmel eine Bockwurst und biss hastig zu.

»Bist du bescheuert?«, flüsterte ich. »Du kannst doch kein Fleisch in die Wohnung einer Pflanzenfresserin mitbringen!«

»Ich hatte eben Angst, dass ich nicht richtig satt werde«, sagte Moritz und nahm noch einen Happen, bevor er die Wurst wieder im Ärmel verschwinden ließ.

Lisa kam mit dem Wein zurück und schenkte uns ein. Sie selbst saugte schon die ganze Zeit Bananensaft durch einen Strohhalm.

»Du lebst also konsequent vegan?«, fragte ich.

»Absolut!«, sagte Lisa. »Und ich fühle mich gut dabei. Hört bloß nicht auf die Leute, die euch Schauergeschichten erzählen von der Nichte der Schwester eines entfernten Bekannten, die Gehirnerweichung und Rückenmarksschwund bekommen hat, nachdem sie keine Tierprodukte mehr essen wollte. Wenn man sich informiert, kann man sich auch vegan gesund ernähren, ja sogar gesünder als mit dem üblichen industriell produzierten Müll.«

»Aber wie kannst du denn ganz sicher sein, dass sich zum Beispiel in deinem Bananensaft nicht Spuren von gehäckselten Mäusen befinden?«, fragte Moritz. Sein früheres Studium der Philosophie machte sich noch oft in einer Vorliebe für extreme Gedankenexperimente bemerkbar.

»Darin sehe ich kein Problem, denn ich kann es ja nicht bewusst beeinflussen. Ich werde ja auch nicht zum Fleischesser, wenn mir mal eine Mücke in den Mund fliegt.«

»So richtig überzeugt mich das alles nicht«, setzte Moritz nach. »Schließlich sind wir doch alle Tiere. Und in der Natur herrscht nun mal das Recht des Stärkeren. Entweder ich fresse die Kuh oder die Kuh frisst mich!«

»Vielleicht lösen sich bald alle diese Probleme ganz von selbst«, sagte ich. »Ich hab letztens von einem niederländischen Gefäßmediziner namens Mark Post gelesen. Noch kennt diesen Mann keiner, aber in hundert Jahren wird man ihm vielleicht Denkmäler errichten und Grundschulen seinen Namen geben. Mark Post arbeitet an der Herstellung von künstlichem Fleisch. Noch züchtet er das mit seinen Assistenten im Labor mühevoll in Petrischalen heran. Irgendwann soll es aber industriell in Bioreaktoren produziert werden. Mark Post ist davon überzeugt, dass dem künstlichen Fleisch die Zukunft gehört. Die meisten Menschen sind nicht dazu bereit, Vegetarier zu werden, aber eine unablässig wachsende Viehzucht lässt sich auf Dauer auch nicht verantworten. Tierschützer könnten in nicht ferner Zukunft aufatmen: Eine einzige Kuh würde reichen, um ganz Europa zu ernähren.«

»Das klingt an sich nicht übel«, sagte Moritz. »Allerdings gäbe es ja dann in Zukunft auch überhaupt keine Schweine und Rinder mehr, die sich darüber freuen könnten, nicht geschlachtet zu werden. Wenn keiner sie mehr essen mag, wird man kaum welche als Haustiere züchten. Eine Sau ist deutlich zu groß fürs Kinderzimmer, eine Kuh wird man nicht dazu bringen können, nach einem Stöckchen zu jagen. Eine Welt ohne Steaks wäre also wohl auch eine Welt ohne Rinder. Ist es für ein Tier besser, gar nicht erst geboren zu werden, als ein Weilchen zu leben, um dann eine Pfannenbestattung zu erhalten? Das ist echt eine ziemlich philosophische Frage.«

»Für mich ist die Sache klar«, sagte Lisa. »Solange auch nur eine Kuh sterben muss, kann ich das nicht akzeptieren. Außerdem brauche ich gar kein künstliches Fleisch, als echter Veganer will man doch überhaupt kein Fleisch essen!«

»Dann frage ich mich aber, wieso ich im Supermarkt so absurde Ersatzprodukte wie Tofuwürstchen und Gemüseschnitzel sehe«, sagte ich.

»Ja, oder Sojarouladen!«, rief Moritz und lachte, aber einen bösen Blick später bereute er schon seine vorlauten Worte.

Eine ältere Dame betrat jetzt den Hinterhof. Sie hatte einen schmalen Dackel dabei. Als er an einer der Mülltonnen schnüffeln wollte, zerrte sie an der Leine, die arme Wurst jaulte und wurde mitgeschleift.

»Furchtbar, oder?«, sagte Lisa. »Genau aus diesem Grund bin ich jetzt auch Mitglied in einer antifaschistischen Gruppe, die sich aus herrschaftskritischer Perspektive für die Tierbefreiung einsetzt. Das Thema hat nämlich nicht nur eine subjektiv-moralische Seite, sondern auch eine historisch-materialistische Dimension. Die Geschichte der Menschheit ist nicht nur eine Geschichte von Klassenkämpfen, sondern auch der Unterdrückung und Ausbeutung von Tieren. Solange aufgrund des herrschenden Gesellschaftssystems eine Befreiung aller Tiere noch nicht möglich ist, muss jeder seinen persönlichen Beitrag leisten. Ich lasse zum Beispiel immer die Balkontür offen, auch nachts, damit meine Katze sich frei bewegen und selbst entscheiden kann, ob sie bei mir bleiben will oder nicht. Ich wäre natürlich sehr traurig, wenn sie mich verließe, würde es aber akzeptieren.«

»Du kämpfst für die Tierbefreiung, aber hältst dir eine Katze?«, fragte ich.

»Haustiere sind Produkte widernatürlicher Domestikation, das stimmt. Man muss sich ja nur die Möpse anschauen, die nicht richtig atmen können. Aber die Position unserer Gruppe ist: Da es die Haustiere nun mal gibt, müssen wir uns auch um sie kümmern. Wir treten allerdings für die Sterilisation ein, damit sie sich nicht noch weiter vermehren.«

»Aber fütterst du dann deine Katze auch?«

»Ja, im Internet kann man veganes Katzenfutter bestellen, das gar nicht so teuer ist. Ich hab es mal probiert, schmeckt gar nicht übel.«

Moritz war indessen ganz still geworden und starrte abwesend auf die junge Frau am Tisch. Er dachte wohl nicht über den komplexen Zusammenhang von Fressen und Moral nach. Ich begriff jetzt, wieso Moritz die Einladung zum Essen überhaupt so begierig angenommen hatte. Er nährte offensichtlich den hoffnungslosen Gedanken, die junge Veganerin eines Tages vernaschen zu dürfen.

Plötzlich sprang eine rot getigerte Katze zu uns auf den Balkon. Sie hatte etwas im Maul. Sie hüpfte auf den Tisch und legte stolz eine tote Blaumeise auf Lisas leeren Teller.

»Ach, Rosa, nein! Nicht schon wieder!«, rief Lisa.

»Also ich würde nachdenklich werden, wenn mir meine Katze einen Vogel zeigt«, sagte ich.

»Ja, ja, das sagt mein Verlobter auch immer.«

»Dein Verlobter?«, wiederholte Moritz und ließ seine Arme hängen.

Eine halbe Bockwurst purzelte auf den Boden. Wie gebannt schauten wir auf die Katze, die vom Tisch hüpfte und sich gemächlich der Wurst näherte. Kurz schnupperte sie, doch dann ließ sie die Bockwurst liegen und verschwand mit drei Sprüngen wieder in der Wildnis des Hinterhofs.

Unentschieden

Es ist keineswegs außergewöhnlich, sich mit Hilfe einer S-Bahn fortzubewegen. Ebenso wenig handelt es sich bei Kartoffelsalat um eine besonders spektakuläre Form von Materie. Und doch, als ich jüngst in der Berliner S-Bahn saß, auf den Knien eine Schüssel mit lauwarmem Kartoffelsalat, der herrlich duftete, da zog ich die Blicke der anderen Fahrgäste auf mich. Offensichtlich beneideten sie mich um mein kulinarisches Geschick, hatten doch die meisten nur Chipstüten und Sixpacks dabei. Ich schlang meine Arme noch fester um das Gefäß. Denn ich war nicht gewillt, Kostproben auszuteilen.

Man war unterwegs, um sich irgendwo das Finale der Champions League zwischen Bayern München und dem FC Chelsea anzuschauen. Auch ich war in eine befreundete Wohngemeinschaft eingeladen. Sie befand sich in einem jener seltenen Häuser in Prenzlauer Berg, die man noch nicht durch eine Grundsanierung ihrer Seele beraubt hatte: Graffiti im Hausflur, schwere Holztüren, ein knarzender Dielenboden, bröckelnder Stuck an der Decke. Nachdem ich mir die Gastgeberin mit meinem Kartoffelsalat gewogen gemacht hatte, verschwand ich erst mal im Badezimmer. Auf dem Klo, das vor dem Fenster auf einem seltsamen Podest stand, saß man wie auf einem Thron und blickte hinab auf die Badewanne, in der einige Dutzend Bierflaschen in Eiswasser schwammen. Ich griff mir eine und trocknete sie sorgfältig ab, denn als erfahrener Partytrinker weiß ich um die Gefahr rutschiger Etiketten.

So ausgerüstet gesellte ich mich zu den anderen Gästen, die sich schon vor einer Leinwand versammelt hatten. Ich erwischte als Zuspätgekommener einen unglücklichen Stehplatz, eine Topfpflanze kitzelte mich am Rücken und ein Schrank verstellte das halbe Bild. So fieberte ich nicht für eine der beiden Mannschaften, sondern für den rechten Flügel der einen und den linken der anderen. Nur wenn sie im Spiel waren, bekam ich auch etwas Aktion zu sehen. Die Sympathien des Publikums waren geteilt. Die meisten feuerten zwar halb verklemmt den FC Bayern an, aber auch der Klub aus London hatte offensichtlich Fans – und das lag nicht nur daran, dass auch Engländer anwesend waren. Wie immer gab es ein Häuflein linker Fußballfans, die grundsätzlich die nicht-deutsche Mannschaft anfeuern, weil Deutschland eben einfach scheiße ist.

In der Halbzeitpause kam ich mit einem jungen Mann ins Gespräch, der mir erläuterte, warum er sonst gegen, heute aber für die Bayern sei: »Es ist doch schließlich eine deutsche Mannschaft und die Spieler aus München fahren nach einem Sieg motivierter zur Europameisterschaft.«

»Na klar!«, rief ich. »Wenn es um die nationale Sache geht, dann müssen wir zusammenhalten für den Endsieg, dann herrscht Burgfrieden, alles andere wäre ja Wehrkraftzersetzung!«

»Genau!«, erwiderte er. »Für wen bist du eigentlich?«

»Für keinen«, verweigerte ich das geforderte Bekenntnis.

»Für keinen?«, fragte er ungläubig zurück. »Aber du musst doch eine Mannschaft besser finden!«

»Ehrlich gesagt sind mir beide Teams zuwider«, erläuterte ich. »Der englische Klub ist ein Kunstprodukt, eine Söldnertruppe, die ein russischer Milliardär sich zum Zeitvertreib zusammengekauft hat. Wie dieser sogenannte Oligarch zu seinem Geld gekommen ist, will man lieber gar nicht wissen. Und die Bayern haben Fans, die nicht ihren Verein, sondern bloß den Erfolg lieben, privilegierte Polohemdträger, die ihr Team auspfeifen, sobald sie für ihr Eintrittsgeld nicht den erwarteten Schauwert bekommen. Wenn du von mir wissen willst, welches Ergebnis ich mir wünsche, dann müsste ich ehrlich antworten: minus 3 zu minus 3. Dann hätten beide verloren und man könnte den Pokal ersatzweise an Dnjepr Dnjepropetrowsk vergeben.«

»Aber wieso schaust du dir das Spiel überhaupt an, wenn es dir egal ist?«

»Kann man sich nicht für Dinge interessieren, ohne gleich Partei zu ergreifen? Wenn eine Bundestagswahl ansteht, muss ich dann hoffen oder fürchten, dass die SPD oder die CDU siegt? Wenn Russland und Georgien gegeneinander Krieg führen, muss ich dann einem der beiden Länder die Daumen drücken?«

»Ich kann dir nicht ganz folgen«, sagte der junge Mann.

Das Spiel ging weiter, was uns eine gute Gelegenheit bot, das Gespräch verletzungsfrei zu beenden. Ich schaute zwar wieder auf den Bildschirm, war aber nicht richtig bei der Sache, denn ich grübelte, ob es nicht vielleicht überhaupt zwei gegensätzliche Sorten Mensch gibt: den Entweder-Oder und den Weder-Noch. Wenn das stimmte, dann gehörte ich eindeutig nicht zur Gruppe der Entscheidungsfreudigen, sondern zu den Unentschiedenen. Hatte ich nicht schon in meiner Jugend weder die Jugendweihe noch die Konfirmation mitgemacht? Seit ich denken kann, fallen mir bei Alternativen immer nur die Nachteile beider Varianten ins Auge. Für mich ist jede Entscheidung ein Dilemma. Daher mache ich einfach nichts und warte lieber, bis das Schicksal mir die Entscheidung abnimmt. Bei den meisten Entscheidungen bleibt einem doch sowieso nur die Wahl zwischen Pest und Cholera.

Es kam zum Elfmeterschießen. Gut, dass ich kein Fußballprofi geworden bin, dachte ich bei mir selbst. Müsste ich mich zwischen der rechten und der linken Ecke entscheiden, ich bliebe einfach ratlos vor dem Ball stehen und wartete darauf, weggetragen zu werden. Mein Wappentier ist Buridans Esel, der verhungern musste, weil er sich nicht zwischen zwei gleich großen Ballen Heu entscheiden konnte. Vielleicht war es diese meine Eselsnatur, die plötzlich doch dafür sorgte, dass ich Mitleid mit den Spielern des FC Bayern München empfand, als sie den Sieg auf selten dämliche Weise verschenkten. Bastian Schweinsteiger lief an, zögerte aber plötzlich, blieb fast stehen und setze den Ball an den Pfosten. Offensichtlich hatte er sich nicht rechtzeitig für eine der beiden Ecken entscheiden können.

Nun waren die Bayern die Verlierer und die anderen die Gewinner. Ich glaube, dass Menschen mit gesundem Gefühl immer mit den Außenseitern, den Underdogs, den Losern sympathisieren. Bloß waren diesmal gerade die üblichen Gewinner die Verlierer, was den Fall kompliziert machte. Wäre also doch Schadenfreude die angebrachtere Regung gewesen? Ich ließ diese schwierige Frage offen und wandte mich lieber wieder der Feier zu.

»Willst du noch Bier oder lieber Wein?«, fragte mich die Gastgeberin.

Ich lief schnurstracks vom Weder-Noch zum Sowohl-als-Auch über.

Einen Kopf kürzer

Jüngst wartete ich auf einem Bahnsteig auf die Ankunft einer U-Bahn. Neben mir eine junge Familie aus dem Bilderbuch: Mutti, Vati, Kind aus akademischem Bürgerstande, weder bildungsfern noch armutsgefährdet. Die Zukunft Deutschlands auf dem abendlichen Weg in die Dreizimmerwohnung. Der sehr junge Sprössling, dem die Fähigkeit zu geordneter Rede noch abging, saß auf Papis Schultern und hielt sich abwechselnd an Hals, Haar oder Nase fest. Endlich kündigte ein unterirdischer Windstoß die nahende Bahn an. Sie rollte ein, die Türen öffneten sich. Fahrendes Volk quetschte sich heraus, fahrendes Volk drängelte sich hinein. Ich war schon drinnen, als auch die junge Familie nachrückte. Der Papi hatte aber fatalerweise vergessen, dass der Kleine auf seinen Schultern saß und zur ohnehin schon beträchtlichen Körpergröße noch einige Zentimeter addierte. Beide Kerle aufeinander gestapelt übertrafen die lichte Höhe der Tür. Und, kaum dass ich's kommen sah, stieß der Kleine mit dem Kopf gegen das Dach der Untergrundbahn. Es machte »Boing!«, allerdings nicht in Wirklichkeit, sondern nur in meinen Gedanken. Es kommt einem angesichts eines solchen Missgeschicks wirklich unwillkürlich das »Boing!« in den Sinn, auf das einen die Zeichentrickfilme in der Kindheit konditioniert haben. Das tatsächliche Geräusch hatte indes mit einem »Boing!« leider nicht die geringste Ähnlichkeit. Zu hören war nur ein leiser, dumpfer Schlag – sogleich gefolgt von einem erschrockenen »Oh!« des Vaters.

Erst einige Augenblicke später ertönte dann drinnen das unbändige Gebrüll des verbeulten Söhnchens. Kleine Kinder brauchen nach Unfällen ja immer ziemlich lange, um zu begreifen, dass ihnen gerade etwas Schmerzvolles widerfahren ist und Geheule die passende Reaktion wäre. Nun aber, da der Kleine schrie wie am Spieß, errötete der verantwortliche Vater, die anderen Passagiere schwiegen und schauten betreten zu Boden. Nur wenige Fahrgäste grinsten verkniffen, die meisten waren ergriffen von tiefem Mitleid, nicht für das plärrende Kleinkind, sondern für den unglücklichen Vater, der sich sichtlich gern aus dem Zug gestürzt hätte. Aber die Bahn rollte unbarmherzig weiter.

Die junge Mutter nahm dem Vater das Kind wortlos aus den Händen. Sie sagte nichts, aber ihr versteinertes Gesicht redete doch mehr als deutlich folgende Worte: »Mein Gott, warum hast du mich mit diesem Mann gestraft? Was hat mich so verblendet, dass ich mein Leben an diese Weichwurst verschwende? Wie konnte ich mein Schicksal freiwillig in so ungeschickte Pfoten legen? Begehrenswert sah Jörn ja schon aus, als er damals mit seinen Freunden lachend über den Flohmarkt schlenderte, eine halbleere Flasche *Beck's* in der Hand. Süß war es, wie er mir am Stand des Comichändlers den Unterschied zwischen den *Digedags* und den *Abrafaxen* erklärte. Und dann lud er mich auf der Stelle zum Konzert seiner Elektropopband *Redundanz* am selben Abend ein. Aber selbst als ich Jörn dabei zusah, wie er vorn auf der Bühne seine Tasten drückte, musste ich an Frank denken, den Messebauer, mit dem ich die besten Viertelstunden meines Lebens hatte. Als ich mit dem einmal ein Gespräch über eine gemeinsame Zukunft führen wollte, winkte er gleich ab: ‚Nee, lass mal! Das kannst du vergessen. Kindersitz und Krabbelgruppe, Eigentumswohnung und Energiesparlampe – da bin ich der falsche Typ. Für so einen Scheiß musst du dir einen Studenten suchen, den kannst du dir dann nach Bedarf zurechtkneten.' Als ich dann nach dem Konzert das erste Mal mit Jörn ins Bett ging, da dachte ich so bei mir: Meine Güte, der fickt ja so vorsichtig, als hätte er Angst, dass seine Mutti uns zuschaut! Aber dann überlegte ich wieder: Du suchst ja keine Aufregung mehr, sondern einen zuverlässigen Kindsvater, den treusorgenden, familienfreundlichen Typ. Und ich wollte ja ein Kind! Warum eigentlich? Ja, warum eigentlich? Gibt es nicht schon genug Leute auf der Welt? Sieben Milliarden sollen es inzwischen sein. Die Hormone, die verfluchten Steinzeithormone, sie haben mir den Verstand vernebelt! Ich wollte eigentlich die Aufnahmeprüfung an der Musikhochschule machen! Stattdessen bin ich gefangen, hier in diesem stinkenden Waggon, mit einem Versager und seinem Sohn. Schöne Scheiße.«

Genau dies also dachte die junge Mutti, während ihr Kleiner schrie und schrie und schrie, ohne Luft zu holen. Der Vati aber schluckte und hatte nur einen einzigen Gedanken: »Wenn wir zurück in der Wohnung sind, wird sie mich um einen Kopf kürzer machen.« Als ich an der nächsten Station ausstieg, zog ich unwillkürlich den Kopf ein.

Verzweifelte Hausmänner

Jüngst las ich, dass amerikanische Wissenschaftler herausgefunden haben – ja, ich weiß: Es gibt schon ganze Bücher darüber, dass Zeitungsmeldungen, die mit diesem Worten beginnen, meist frei erfunden sind. Und wenn schon: Was sollen uns die langweiligen Tatsachen kümmern, solange eine hübsche Fantasie uns ein wenig Heiterkeit bescheren kann? Also: Amerikanische Wissenschaftler wollen herausgefunden haben, dass Männer, die ihren Frauen im Haushalt helfen, seltener von ihren Gattinnen ins Ehebett gebeten werden als Männer, die sich der Hausarbeit verweigern. Das ist natürlich eine Meldung, bei der jeder echte Kerl aufjauchzt und in tiefstem Bass brüllt: »Das hab ich doch schon immer gewusst! Diese ganzen Weicheier, Kuschelbärchen und Hausmännlein, die glauben, sie könnten sich bei ihren Weibern einkratzen, indem sie kochen, Windeln wechseln und mit dem Wischmopp hantieren – die haben sich sowas von geschnitten! Sogar Emanzen und Ökobräute wollen doch in Wahrheit keine solchen Schlaffis, auch wenn sie selbst immer das Gegenteil behaupten. Frauen wollen richtige Kerle, die vor der Garage an ihrem Opel schrauben, die mit blauem Auge vom Eishockey nach Hause kommen, die auch sturzbesoffen noch wissen, wie man richtig zupackt!« Ob das rohe Scheusal, das so denkt und redet, recht hat? Diese Frage mögen bitte die Frauen beantworten.

Unzweifelhaft wahr scheint mir aber folgende Beobachtung: Während gemeinhin als männlich wahrgenommene Tätigkeiten wie körperliche Arbeit, Sport und Alkoholgenuss durchaus erotisierend wirken können, lässt sich Gleiches von der Hausarbeit keineswegs behaupten. Der Satz »Schatz, ich habe gerade die Haare aus dem Abfluss geholt, jetzt bin ich richtig rattig, lass es uns gleich auf der Waschmaschine treiben!« wurde in der Geschichte der westlichen Zivilisation gewiss noch nie ausgesprochen. Die Antwort »Aber sicher, Baby, ich schaff nur noch schnell den Biomüll runter, um mich richtig scharf zu machen!« sicher ebenso wenig.

Was aber ist an der Hausarbeit eigentlich so entschärfend? Wieso waren die Männer so froh, die Hausarbeit über Jahrtausende an ihre Frauen delegieren zu können? Wieso bezahlen Familien heute Geld dafür, sich diese Handgriffe von Putzfrauen abnehmen zu lassen? Das Schlimme, ja das himmelschreiend und abgrundtief Elende an der Hausarbeit ist ihre Ergebnislosigkeit. Hausarbeit produziert nichts, sie dient nur der Reproduktion. Wir sind gezwungen, sie zu verrichten, um zu essen, um uns waschen und kleiden zu können, kurz: um am Leben zu bleiben. Die Hausarbeit schafft dabei aber nichts Bleibendes, keine Staudämme oder Mondraketen, ja nicht einmal Flachbildfernseher oder historische Romane. Sie schafft gar nichts, sie schafft einen bloß. Die Hausarbeit ist auch nie beendet, ständig muss sie wiederholt werden. Sie ist immer gleiche, stumpfsinnigste Routine. Wir waschen ab, um kochen zu können. Wir kochen, um etwas zu essen. Und nach dem Essen waschen wir ab. Hausarbeit, das ist bitterste Vergänglichkeit, ein hämischer Schatten, der uns im Alltag wie ein quälender Geist verfolgt. Hausarbeit macht traurig, Hausarbeit erinnert uns ans Sterben. Wer kann in den Strudel des abfließenden Abwaschwassers schauen, ohne melancholisch zu werden? Der Staubsauger – ist er nicht das deprimierende Symbol unserer Existenz: ein nimmersattes Vakuum, das allen irdischen Staub erbarmungslos verschluckt? Riechen alte Putzlappen nicht wie eine geöffnete Gruft?

Über Wochen hat man sich der Hausarbeit verweigert. Aber irgendwann kommt der Tag, an dem Aufschub nicht länger möglich ist. Die Möbel tragen den Staub wie einen Pelz, Flusen bilden

Nester in den Ecken, die Geschirrberge in der Küche blühen wie Hügel auf der Bundesgartenschau. Missmutig holt man Besen und Mopp aus dem Schrank, lässt Wasser in einen Eimer und den Universalreiniger drin aufschäumen und zieht sich die Gummihandschuhe über. Und dann macht man sich an die Arbeit. Gewiss die fürchterlichste Aufgabe ist die Reinigung des Badezimmers. Das Bad ist das Unterbewusstsein jeder Wohnung, dort sammelt sich alles Verdrängte, vorzugsweise schmutzige Sachen. Aber der Ort, an dem man sich säubern will, darf nicht selbst schmutzig sein. Auf Knien rutscht man über den Boden, so als wollte man den Gott der Sauberkeit um Vergebung für begangene Sünden bitten. Eine Stunde später sitzt man dann erschöpft zwischen den glänzenden Fliesen und kann dem aufgewirbelten Staub im Mittagslicht dabei zuschauen, wie er sich langsam wieder auf seinen Stammplatz setzt. Wer soll bei solchem Anblick nicht an die Vergeblichkeit des Daseins denken? Dass solche Momente nicht dazu geeignet sind, ein Feuerwerk der Erotik zu entzünden – für diese Erkenntnis braucht es wahrlich keine amerikanischen Wissenschaftler. Ein verzweifelter Hausmann genügt.

Begräbnis eines Fisches

Laufend bekommt man zu hören, der Tod werde in unserer Gesellschaft verdrängt – in Wahrheit begegnet man ihm bei jeder Gelegenheit. Ich kann jedenfalls versichern, dass es kein Vergnügen ist, schon morgens um neun einem Begräbnis beizuwohnen. Ein befreundetes Liebespaar, nennen wir die beiden Dominik und Jana, hatte mich zum Frühstück eingeladen. Ich machte mich auf den Weg, erstand unterwegs sechs Kürbiskernbrötchen und erreichte die fremde Wohnung. Jana drückte mir in der Küche einen Kaffee in die Hand, ich ließ mich auf einen Sessel fallen. Gleich neben mir stand Dominiks Aquarium. Ich selbst habe nie ein Aquarium besessen. So ein Ding erschien mir immer wie ein Fernseher mit nur einem Programm, auf dem ununterbrochen Dokumentationen über die Tierwelt des Meeres laufen. Aber ich bewundere Leute, die ein Aquarium pflegen, so wie überhaupt alle Menschen, die sich für Langweiliges begeistern können.

In dem kleinen Aquarium sah man einen Schwarm von leuchtenden Fischchen, der zwischen den Wasserpflanzen umher huschte. Am Grund des Beckens lag ein Miniaturkahn aus Plastik mit dem Skelett eines Spielzeugmatrosen. Mich fesselte der Anblick eines einsamen roten Fischs, der kaum größer als ein Geldstück war. Das Schwimmen bereitete ihm sichtlich Mühe, immer wieder kippte er auf die Seite, als wäre er betrunken.

»Wie heißt denn der rote Fisch hier?«, fragte ich Dominik.

»Hältst du mich für bescheuert?«, fragte er zurück. »Ich gebe doch meinen Fischen keine Namen!«

»Was weiß denn ich! Du bist Besitzer eines Aquariums, solchen Leuten ist doch alles zuzutrauen. Dem Fisch scheint es jedenfalls nicht gut zu gehen. Ist er schon sehr alt?«

»Ja«, sagte Dominik und kam besorgt näher, um ihn selbst in Augenschein zu nehmen. »Schon zweieinhalb Jahre. Ich hatte mal fünf rote Fische, seine ganzen Kumpels sind schon tot.«

Ich schaute wieder hinüber zum Aquarium. Der kleine einsame Fisch ruderte verzweifelt mit seinen Flösschen wie ein Ertrinkender und schnappte mit dem Mäulchen als ränge er nach Luft. Langsam sank er hinab, blieb schließlich auf dem Kies am Boden des Aquariums liegen und regte sich nicht mehr.

»O nein!«, rief Jana. »Der darf nicht sterben, der ist doch so niedlich!«

»Wir sind alle niedlich und trotzdem irgendwann dran«, erwiderte ich.

Noch ein letztes Mal nahm der Fisch alle Kräfte zusammen und erhob sich. Er schwamm an einem der Stängel des Wassergrases nach oben, so als wollte er sich festhalten, aber schon wenige Augenblicke später verließ ihn die Kraft wieder und er sank still auf den Grund, diesmal für immer.

Dominik schaltete den Wasserkocher an und holte einen kleinen Kescher.

»Das tut mir jetzt wirklich leid«, sagte er. »Dass ausgerechnet dann, wenn du uns hier besuchst, auch der Tod als ungeladener Gast erscheint.«

Dominik fischte den Fisch aus dem Wasser. Das müsse schnell gehen, erläuterte er fachmännisch, denn so ein toter Fisch verängstige die anderen Bewohner des Aquariums und mache sie krank. Das leuchtete mir ein: Man lässt ja auch den toten Opa nicht noch ein paar Wochen auf dem Sofa sitzen. Jana protestierte, als Dominik den Fisch ins kochende Wasser plumpsen ließ, aber er versicherte, dies sei die humanste Form der Sterbehilfe bei Fischen. Das kochende Wasser lasse alle Eiweiße sofort gerinnen und der Fisch sei auf einmal von allen Schmerzen erlöst. Ich dachte mit Schrecken darüber nach, was ein psychopathischer Fischhasser mit einem Tauchsieder anrichten könnte. Inzwischen ging Dominik ins Badezimmer, schloss die Tür hinter sich, kurz darauf hörte man die Klospülung rauschen.

»Wenn ihr unserem gemeinsamen Freund die letzte Ehre erweisen wollt«, erklärte er feierlich nach seiner Rückkehr, »dann verzichtet doch am besten wenigstens eine halbe Stunde darauf, die Toilette zu benutzen.«

Wir legten eine Schweigeminute ein. Nichts war zu hören als die klagende Stimme von Nico, der verstorbenen Sängerin der ebenfalls längst entschlafenen Band *The Velvet Underground*, die aus der Stereoanlage tönte. Möge unser aller Ende so würdevoll sein wie die letzten Minuten dieses kleinen roten Fisches.

Versuch über die Sinnlosigkeit

Wie leichtfertig ist die Jugend! Wie leichtfertig besonders mit ihrem Wort! Da hört man ständig junge Leute ausrufen, sie fänden irgendetwas sinnlos. Aber haben sie sich je wirklich damit auseinandergesetzt, was Sinnlosigkeit eigentlich bedeutet? Was sie ihrem innersten Wesen nach sei? Ich beschäftige mich seit Jahren intensiv mit diesem komplexen Phänomen. Wer die Sinnlosigkeit wirklich begreifen will, der darf nicht davor zurückschrecken, sich ihr auszusetzen, sich selbst zum Objekt von Experimenten mit der Sinnlosigkeit zu machen. Die Stadt Berlin eignet sich als Ort für einen solchen Versuch ganz besonders, denn sie verfügt über eine merkwürdige Eigenheit: die sogenannte Ringbahn. Die Züge auf dieser Ringbahn umkreisen unablässig die Mitte Berlins, ohne sich ihr je zu nähern oder irgendein anderes Ziel zu erreichen. Eine Linie verkehrt mit dem Uhrzeigersinn, die andere ihm entgegen, sodass sich beide Bewegungen aufheben und im kosmischen Nichts verdampfen. Gemeinsam formen die Züge der Ringbahn einen ewig wirbelnden Strudel, in dem Begriffe wie Sinn, Zweck und Ziel hoffnungslos versinken.

Abgesehen von wenigen Obdachlosen, die im Winter die Wärme der Waggons zu schätzen wissen, gibt es keine Menschen, die die Ringbahn wirklich nutzen. Die meisten fahren nur einige Stationen und steigen dann wieder aus, weil sie glauben, ihr Ziel erreicht zu haben. Aber heißt es nicht, beim wahren Reisen sei immer der Weg das Ziel? Ich begab mich zum Bahnhof

Frankfurter Allee in der Absicht, mit der Ringbahn endlich einmal eine vollständige Rundreise zu unternehmen. Schon lange fröne ich der seltsamen Leidenschaft, mit öffentlichen Verkehrsmitteln ziellos durch Städte zu fahren. Manch einer mag hier Spuren von Wahnsinn wittern. Ich will dieses Hobby auch gar nicht gegen den Vorwurf der Sinnlosigkeit verteidigen. Ich kann nur sagen: Das ziellose Fahren entspannt mich unglaublich. Wenn ich bedenke, dass andere Leute die innere Ruhe durch Meditationsübungen gewinnen wollen, bei denen sie lernen, wie man die Füße hinter dem Kopf verschränkt, komme ich mir selbst gar nicht mehr so verrückt vor.

Ich stand noch nicht lange auf dem kalten Bahnsteig, da fuhr die Ringbahn ein. »S41, einsteigen bitte! S41, zurückbleiben, bitte!« Diese Art, ums Einsteigen und ums Zurückbleiben zu bitten, kenne ich so nur aus Berlin. Es ist eben eine Stadt der Einsteiger und der Zurückgebliebenen. Ich suchte mir einen angenehmen Sitzplatz am Fenster, denn mir stand ja eine längere Reise bevor, deren Ende nicht abzusehen war. Zwei dicke Frauen saßen mir gegenüber, machten aber schon am Ostkreuz Platz für junge Türken. Die wiederum stiegen schon in Neukölln wieder aus, woraufhin sich ein Mann mit weißem Karl-Marx-Bart vor mir niederließ. Warum schauten nur alle Passagiere so übellaunig? Bemerkten sie nicht, dass sie gerade im größten Karussell Mitteleuropas saßen?

Am Südkreuz stieg Karl Marx aus. Eine junge Frau betrat die Bahn, sie trug einige Exemplare der Zeitung *Straßenfeger* in der Hand. Mit unsicherer Stimme bat sie um kleine Spenden. Ich fragte nach dem Preis der Zeitung, aber sie schüttelte den Kopf.

»Die Zeitungen brauch ich noch selber!«, sagte sie.

Ich gab ihr dennoch einen Euro, ohne Gegenleistung – eine unzweifelhaft sinnlose Investition. Kaum war sie wieder ausgestiegen, da betrat im Wedding ein Vertreter der zweiten Sorte von Schnorrern, die in Berlin zu Hause sind, die Bahn: ein Künstler. Er hatte einen Stapel Zettelchen in der Hand und rief laut:

»Unterhaltungsformel zum lauten Vorlesen! Ein wunderbarer Text zur Sinnstiftung, zum besseren Verstehen und zum Wohlfühlen!«

Offenbar versuchte der junge Mann, mit Hilfe selbst verfasster Texte wildfremden Menschen ein paar Euro abzuknöpfen – eine Tätigkeit, die sich an Sinnlosigkeit kaum überbieten lässt. Alle Fahrgäste erschraken, denn in der Stimme des jungen Dichters vibrierte ein veritabler Irrsinn. Weil ich ihm unbefangen ins Gesicht schaute, setzte er sich zu mir und redete munter auf mich ein.

»Wie viel kostet denn ein Gedicht?«, fragte ich.

»Einen Euro«, erwiderte er und strahlte vorfreudig.

»Dann nehm ich eins«, sagte ich. Der Dichter überreichte mir feierlich sein Poem.

Bevor er seinen Weg durch den Waggon fortsetzte, sagte er noch: »Wenn du das Gedicht zehnmal hintereinander laut liest, dann wirst du fühlen, dass du es eigentlich selbst geschrieben hast.«

Ich warf einen Blick auf den Zettel: Mit Kugelschreiber war da ein Gedicht mit dem Titel *Aber* notiert:

Ich liege!, neben
den Versuchen!!,
Überlebenslang! –
hinaus!!, zwischen
den Händen!
und Beinen!!,
meines Tages!,
ohne! Sein.

Der junge Dichter hatte auch seinen Namen, Adresse und Telefonnummer auf dem Zettel notiert – vermutlich für den nicht unwahrscheinlichen Fall, dass so ein Gedicht einmal einen in der S-Bahn reisenden *Suhrkamp*-Lektor begeisterte. Ich las es zehnmal durch, war aber immer noch sicher, es nicht selbst geschrieben zu haben. Zum lauten Lesen fehlte mir in der Bahn freilich der Mut.

Die Ringbahn erreichte inzwischen wieder den Bahnhof *Frankfurter Allee*. Ich blieb einfach sitzen und ließ mich noch einmal in den Orbit schießen, um einen weiteren Zirkel um den Fernsehturm zu beschreiben. Vorm Fenster lief jetzt zum zweiten Mal derselbe Film vor meinen Augen ab, was ein merkwürdiges Kribbeln in meiner linken Hirnhälfte verursachte. Da war schon wieder der Markt für Weihnachtsbäume beim Treptower Park. An der Station *Sonnenallee* gab es noch immer ein Geschäft, das für seinen *Tortenversand* warb. An einem Zaun vor dem alten Flughafengelände in Tempelhof hing noch immer ein Transparent, auf dem »Bäume statt Lofts« geschrieben stand. Da hatte sich also eine Bürgerinitiative formiert, die dagegen protestierte, dass man auf einer leeren Fläche Häuser baute, in denen Menschen leben konnten. Es war eine Initiative für den Erhalt der Leere, ein Protest aus dem Geist der Sinnlosigkeit. Oder kam es mir nur so vor? Hatte die Sinnlosigkeit meiner Reise begonnen, meinen Blick auf die Außenwelt zu trüben?

Nach dem Südkreuz saß ich fast allein im Waggon. Ein Bahnangestellter stieg in den Zug und kehrte mit Schaufel und Besen den vergessenen Abfall unter den Sitzen hervor, mich ließ er überraschenderweise unbehelligt. Kurz vor dem Westkreuz steckte im Gras neben den Gleisen ein halbverrottetes, schwarz-rot-goldenes Papierfähnchen – ein kläglicher Überrest vom letzten oder vorletzten Sommermärchen, ein Mahnmal der Sinnlosigkeit. Insgeheim hoffte ich, der junge Dichter könnte vielleicht im Wedding noch einmal in meine Bahn einsteigen. Mich noch einmal an der gleichen Stelle zu treffen, hätte ihn vielleicht mit einem Schlag geheilt. Aber es sollte nicht sein. Dafür setzte sich plötzlich eine junge Frau mit glänzend rotem Haar vor mich. Sie war von überirdischer Schönheit. Sie zog einen halbfertigen Schal aus ihrer Tasche und fing an zu stricken. Es war bestrickend, wie sie mit den zwei Nadeln in ihren Händen umging. Ich beobachtete sie so aufmerksam, wie es sich eben machen ließ, ohne wie ein Perverser zu wirken. Unter ihren zarten, aber doch tätigen Händen wuchs der Stoff, ein Faden kunstvoll mit dem

Nichts verschlungen. Ich begriff: Genau diese Begegnung hatte mir noch gefehlt, um meine Reise vollenden zu können. Mir fiel ein Satz ein, den der Dichter Clemens Brentano vor zweihundert Jahren an eine Frau geschrieben hatte: »Liebe ist die schönste Sinnlosigkeit.« Ist die Liebe nicht nur der beste Vorwand, unser Leben dem Zufall zu überlassen? Und wie viele Unglückliche mag es schon gegeben haben, die zufällig im Zug neben der Liebe ihres Lebens saßen, ohne es zu bemerken?

Ich stieg am Bahnhof *Frankfurter Allee* aus. Nach dieser Begegnung noch weiter zu fahren, das wäre wirklich sinnlos gewesen. Draußen überkam mich ein gehöriger Schwindel. Wenn es mir nun noch gelänge, so dachte ich, einen Text über diese Reise zu schreiben, der bei den Lesern das Gefühl völliger Sinnlosigkeit hinterlässt, dann hätte ich mein Ziel erreicht. Denn nur ein Kunstwerk, das überhaupt keinen Zweck verfolgt, kann sich zu vollendeter Schönheit erheben.

Lanke revisited

Vorbei an mannshohen Brennnesseln und weinenden Weiden wanderten meine Liebste und ich durchs wilde Brandenburg. Nach einer Wendung des Weges glitzerte es zwischen den Bäumen, bald erreichten wir das Ufer eines Sees. »Hellsee« war auf einem Schild zu lesen. In meinem Gedächtnis knirschte es. War ich nicht schon einmal hier gewesen? Ein Wegweiser zeigte zu einem benachbarten Ort namens Lanke. Und mir fiel wieder ein: Vor sieben Jahren hatte ich im Schloss dieses Dorfes einen merkwürdigen Tag verbracht. Es war eines jener seltenen Erlebnisse gewesen, bei denen das Glück über die Gewohnheit ganz und gar triumphiert.

Es gibt Augenblicke auf Reisen, in denen du vergisst, dass du aufgebrochen bist, um irgendwo anzukommen. Du sitzt in Gedanken am Fenster des Zuges und wunderst dich, wie fremd eine bekannte Stadt wirken kann, wenn du sie von hier aus betrachtest. Du gleitest durch die Adern Berlins und kannst der Stadt bis in die Eingeweide sehen – nichts von den polierten Fassaden und den erleuchteten Chausseen: dafür Abfall zwischen den toten Gleisen, die sich im Gestrüpp verlieren, die dreckigen Hinterhöfe mit den fensterlosen Mauern, die leeren Bahnhofshallen, die nicht einmal mehr den Abriss lohnen. Die Stadt dreht dir den Arsch zu.

In der S-Bahn nach Bernau sitzen: ein älteres Ehepaar, das sich an den Händen hält und schweigt; eine Studentin, die in die Tabellen eines Buches zur Wirtschaftsmathematik vertieft ist; ein Punk mit rot-grün verfilztem Haar, das ihm schon büschelweise ausgeht; eine Clique brandenburgischer Jugendlicher, deren Freundinnen aussehen, als wären sie ihre kleinen Brüder; ein Tourist mittleren Alters aus dem Westen, der sich an sein violettes Fahrrad klammert; ein junger Mann, der Sätze in sein Notizbuch kritzelt. »Wenn dieses Zugabteil ein Spiegelbild der Gesellschaft ist«, so schreibt er, »dann ist Deutschland dem Untergang geweiht.« Einer der Dorfbewohner beschuldigt den Touristen, seine Freundin angestarrt zu haben. Der Mann aus dem Westen antwortet nicht, sondern starrt aus dem Fenster, auch dann noch, als man ihn »notgeil« nennt. An der Station *Bernau-Friedenstal* steigt er aus, vielleicht, weil er angekommen ist, vielleicht, weil er Angst hat. Die letzte ökonomische Chance, die der Osten hat, sagen führende Wirtschaftsexperten, liegt im Tourismus.

Thorkil Jacobsen ist ein junger dänischer Poet, ein Reisender, den ein Zufall für einen Sommer als Hausmeister ins Schloss Lanke verschlagen hat. Sein Gesicht erinnert sich noch oft an die Kindheit, besonders wenn er staunt. Und er staunt oft, sagt dann Dinge wie »Oh, really?« oder »No way!« Er beherrscht die Kunst, jedem Menschen das Gefühl zu geben, interessant zu sein. Thorkil begrüßt mich vor dem Bahnhof und zeigt mir einen Kleinbus, der uns von Bernau nach Lanke bringen soll. Ich öffne die Seitentür und werfe meinen Rucksack zu dem Gerümpel, das sich auf der hinteren Ladefläche angesammelt hat. Der Bus macht den Eindruck, als ließe sich in ihm vielleicht noch vergessene Unterwäsche des jungen Joschka Fischer finden. Wir wollen einsteigen, da ruft jemand nach uns, eine junge Mutter, die ihre kleine Tochter an der Hand hält.

»Könnt ihr uns mit nach Lanke nehmen? Super, vielen Dank, wir gehen noch schnell ein Eis kaufen! Wartet ihr solange? Vielen Dank, echt!«

Ich frage Thorkil, ob er die junge Frau kennt. Er schüttelt den Kopf. Als die zwei zurückkommen, quetschen wir uns zu viert vorn auf die einzige Sitzbank. Thorkil startet den Motor. Der Bus hört sich an wie ein Rasenmäher und fährt auch kaum schneller. Nach wenigen Minuten verlassen wir Bernau und steuern in eine der Alleen, die sich hier wie Tunnel durch die Landschaft ziehen. Die Sonne blinzelt durch das Dach aus Ästen über unseren Köpfen. Ich schaue aus dem Fenster auf die enge Landstraße, auf der kaum Autos, aber viele Fahrradfahrer unterwegs sind. Ich sehe ihnen voller Bewunderung nach: Es gehört eine Menge Todesverachtung dazu, auf brandenburgischen Landstraßen Fahrrad zu fahren. Das kleine Mädchen drückt mir einige Würfel von ihrem Eis mit Schokoladenüberzug in die Hand. Sie schmelzen schneller, als ich sie essen kann. Ihre Mutter hat mitbekommen, dass wir uns auf Englisch unterhalten.

»Do you go to the Schloss?«

Thorkil nickt lachend und erzählt ihr, dass dort heute Abend zwei berühmte Dichter lesen werden. Die junge Frau ist beeindruckt. Gerade als ich mich anschicke, sie in aller Bescheidenheit aufzuklären, rüttelt Thorkil mich am Arm und zeigt mir die Regentropfen, die sich auf der Frontscheibe niedergelassen haben.

»Weißt du, was das bedeutet, Michael? Das war's. Niemand wird heute kommen. Denn alle Berliner überlegen gerade jetzt, ob sie rausfahren sollen. Und sie schauen aus dem Fenster und sagen: Nein, es regnet, wir bleiben zuhause.«

Es ist mir seltsam gleichgültig, ob Menschen kommen werden. Das kleine Mädchen lacht mir ins Gesicht, als ob auch sie davon überzeugt wäre, dass nichts diesen Abend verderben kann. Aber nein, sie hat nur das Eis bemerkt, das mir in der offenen Hand geschmolzen ist. Als wir ankommen und aussteigen, bricht die Sonne wieder durch die Wolken.

Schloss Lanke ist eine von Künstlern belebte Ruine, erklärt mir Thorkil, als wir das Gebäude betreten. Das Schloss stehe seit mehr als zehn Jahren leer, weil sich noch kein Investor erbarmt habe, es zu kaufen und zu renovieren. Über dem Eingang erzählen einige verwitterte Buchstaben von der Vergangenheit des Schlosses: Unter dem Namen »Gertrud Seele Haus« beherbergte es in Zeiten des Sozialismus eine Psychiatrie. Im Vorraum bauen junge Menschen einen Tisch auf, an dem wohl später der Eintritt kassiert werden soll. Sie sind auffällig geschmackvoll gekleidet. Ein Zettel an der ergrauten Wand kündigt einen Kasten für freiwillige Spenden an, wird aber nicht weit darunter von einem anderen dementiert: »Leider geklaut!« Wir schlüpfen unter einem Absperrband durch und steigen die Treppe hinauf in den ersten Stock. Hier hausen die wenigen ständigen Bewohner des Schlosses. In Thorkils Zimmer verlieren sich zwischen den kahlen Wänden zwei Stühle, ein Tisch, ein Schrank und ein Bett. Für mich liegt eine transparente Luftmatratze bereit.

»Ist das okay für dich?«

»Natürlich«, sage ich. »Es ist doch noch Sommer.«

»Graf Friedrich Wilhelm von Redern ließ Schloss Lanke 1858 im Stil der französischen Renaissance errichten«, lese ich auf einer der Informationstafeln, die im Erdgeschoss an den Wänden hängen. Thorkil sagt, dass er die Lesung wegen des Regens ins alte Kutscherhaus verlegt hat. Wir gehen in die Bar. Sie scheint unmittelbar aus Berlin-Mitte hierher transportiert worden zu sein. Thorkil besorgt uns zwei Flaschen Bier. Wir streifen durch einen angrenzenden Raum, in dem vor der Lesung am Abend ein Konzert stattfinden soll. Dann erreichen wir einen Speisesaal, der durch ein Fenster mit der Küche verbunden ist. Auf den Tischen mit leuchtend weißen Decken stehen Vasen mit Blumen. Während Thorkil unser Essen bestellt, werfe ich von der Terrasse aus einen Blick nach draußen: Auf einer großen Wiese stellen sich im Sonnenschein menschliche Kunstwerke selbst aus. Jedes einzelne kämpft um die Aufmerksamkeit des Betrachters. Einige junge Paare lassen ihre nackten Kinder durch das halbhohe Gras springen. Ein braungebrannter kahlköpfiger Mönch scheint im Handstand meditieren zu wollen. Ein anderer Kerl balanciert in Ballettschuhen auf dem Geländer der Treppe, die von der Terrasse nach unten führt.

»Es sieht aus wie in Woodstock hier!«, bemerke ich erstaunt, als wir uns an einen Tisch setzen.

»O ja, alle hier sind Hippies!«, bestätigt Thorkil.

Ich frage, wer denn der Chef der ganzen Unternehmung sei. Thorkil lacht. Er erzählt mir, unter der Woche sei er oft der einzige Mensch, der nachts im Schloss bleibe. Wenn es stürme, müsse er durch das ganze Gebäude laufen, um alle Fenster zu schließen. Die Einsamkeit habe er sich selbst ausgesucht, um in Ruhe an seinem Roman arbeiten zu können. Ich frage ihn, wie er damit vorangekommen sei.

»Ich weiß nicht. Nicht so gut, wie ich dachte.«

»Wenn ich etwas schreibe, dann bin ich oft enttäuscht«, sage ich. »Ich lese es nachher und denke: Das ist gar nicht das, was ich schreiben wollte. Ich wollte etwas anderes schreiben. Und dann begreife ich nicht, wie die perfekte Idee auf dem Weg von meinem Kopf in meine Hand verloren gehen konnte.«

»Genau«, sagt Thorkil nachdenklich. »Genau so fühle ich mich.«

Wir sitzen eine Weile grübelnd über unseren leeren Tellern. Dann springt Thorkil plötzlich auf.

»Ich muss dir den Keller zeigen. Komm, ich zeige dir den Keller!«

Wir lassen uns zwei Kerzen geben, zünden sie an und steigen eine Treppe nach unten. Die flackernden Flammen werfen Licht in einen schmutzigen Keller. Alte Tapeten hängen wie Leichentücher von den Wänden herab, während der Schimmel sich an ihnen nach oben frisst. Von einem Flur aus schauen wir in einige winzige Zellen, die innen vollständig gefliest sind. Hat man in diese Löcher Menschen gesperrt? Ich bin froh, als wir wieder ans Licht steigen.

Nachdem wir uns ein neues Bier geholt haben, entdecke ich auf der Wiese hinter dem Schloss eine Tischtennisplatte und fordere Thorkil heraus. Auf der Platte liegen zwar Schläger bereit, aber ein Ball fehlt. Thorkil bricht auf, um einen zu holen. Während ich warte, nähert sich verstohlen ein junger Mann mit wildem Haar, der einen abgenutzten Anzug trägt.

»Hier wird jetzt gespielt, was? Hier wird jetzt gespielt?«

Ich lade ihn ein, mitzumachen, er müsse sich nur noch gedulden, bis ein Ball gefunden ist. Aber er verschwindet hüpfend im Wald, vertieft in ein Gespräch mit sich selbst, das bald in unverständliches Geschrei übergeht. Als Thorkil zurückgekehrt ist, beschreibe ich ihm das Äußere des seltsamen Fremden.

»Ja, das ist unser Anwalt.«

Weil die Platte schief, der Schläger schadhaft und der Boden rutschig ist, beende ich das folgende Match nur als Sieger der Herzen.

Mit neuen Bieren in den Händen zwängen wir uns durch ein Loch im Drahtzaun hinter dem Schloss und machen uns auf den Weg zum Hellsee. Der Pfad im Schatten der hohen Bäume ist schlammig und schmal. Der Hellsee ist rings von Wald umgeben, ein Weg zieht sich an seinem Ufer entlang. An einigen Stegen sind Boote befestigt, auf Klappstühlen sitzen brandenburgische Väter mit ihren Söhnen, halten ihre Angeln ins Wasser und prosten uns mit *Berliner Kindl* zu. Wir grüßen zurück mit *Beck´s*. Thorkil fragt mich über mein Studium aus. Ich muss ihm einige Lügen darüber erzählen, was ich machen will, wenn ich einmal fertig sein werde.

»Manchmal fühle ich mich richtig dumm«, sagt Thorkil. »Dann denke ich mir, ich sollte besser auf eine Universität gehen, als die ganze Zeit nur durch die Welt zu reisen.«

»Ich denke immer das Gegenteil«, sage ich.

Thorkil zeigt mir eine kleine, bewaldete Insel am gegenüberliegenden Ende des Sees.

»Das ist die Judith-Hermann-Insel«, sagt er. »Weißt du, warum? Es gibt eine Story von ihr, die dort spielt.«

Ich erinnere mich an die Geschichte, sie heißt *Wohin des Wegs*: Eine junge Frau will auf der Insel mit einem Mann schlafen, aber es klappt nicht. Nur einen Blick auf seinen Schwanz erhascht sie.

»Magst du Judith Hermann?«, fragt mich Thorkil.

Ich nicke.

»Ich auch, ich finde ihre Geschichten so realistisch«, sagt Thorkil.

»Mir gefällt, dass in ihren Geschichten nie etwas passiert«, sage ich. »Man müsste aber vielleicht mal überlegen, in was für einer Zeit wir leben, wenn Geschichten dann realistisch sind, wenn nichts in ihnen geschieht.«

Wir beschließen, einen Abstecher auf die Insel zu machen, und umrunden den See. Keine Brücke führt hinüber, wir müssen einige Meter über einen Wassergraben auf einem Baumstamm balancieren. Ich erinnere mich, dass die junge Frau in Judith Hermanns Geschichte ins Wasser fällt. Auf der kleinen Insel liegen junge Menschen nackt im Gras und rauchen. Nirgends können wir hinschauen, ohne misstrauisch beäugt zu werden wie zwei Spanner. Es ist seltsam, denke ich, früher pilgerte man mit seiner Verlobten an den Wannsee, um Blumen am Kleist-Grab niederzulegen, heute fährt man mit seiner Freundin zum Petting auf die Judith-Hermann-Insel.

Als wir zurück im Schloss sind, beginnt das Konzert. Ein kleiner, unscheinbarer Mann mit rasiertem Kopf hat sich hinter einem Pult mit Plattentellern, Tasten und Reglern in Stellung gebracht und hält ein Mikrofon in der Hand. Nur wenige Bewohner des Schlosses sitzen im Raum, die meisten mit dem Rücken an der Wand.

»Ist das der deutsche Moby?«, flüstert mir Thorkil grinsend ins Ohr.

Auf Knopfdruck wummern Bässe aus den Lautsprechern. Der Konzertsaal verwandelt sich in eine Kleinraumdiskothek, aber nur einige Kinder hüpfen auf die Tanzfläche. Moby springt und schüttelt sich zur eigenen Musik, ab und zu ruft er einzelne Zeilen ins Mikrofon: »Let's go where the action is!«

»Die Musik ist gar nicht übel«, sagt Thorkil. »Aber Moby sollte noch ein bisschen an seinen Texten arbeiten.«

Nach einer Weile hole ich mir ein Bier und gehe nach draußen. Am Eingang sitzt niemand, der Eintritt verlangen könnte. Es ist aber auch niemand in Sicht, der welchen bezahlen wollte. Der Parkplatz vor dem Schloss ist leer. Ich laufe den Hügel hinab, auf dem das Schloss steht, runter zu den alten Ställen und dem Kutscherhaus, in dem man Bierbänke aufgestellt und Kerzen verteilt hat. Aber auch dort ist noch niemand. Eine Weile noch schlendere ich durch die Dämmerung, dann kehre ich zum Schloss zurück. Eine Gruppe wartet inzwischen vor dem Eingang, ihre Kleidung verrät die Besucher als Einheimische.

»Komm, hier, wir sind fast zwanzig Leute, Mensch, da mach do mal'n Stück billja! Mach ma drei Euros, ja?«

Ich drängle mich an den Gästen vorbei ins Innere. Der kleine Saal hat sich inzwischen gefüllt. Brandenburger Ureinwohner stehen unschlüssig in kleinen Gruppen herum und beäugen misstrauisch die Fremden mit den geblümten Hemden und geflochtenen Haaren, die ihr Schloss okkupiert haben. Aber wenigstens der stampfende Beat kommt ihnen bekannt vor. Moby erzählt, dass er früher für Sven Väth gearbeitet habe, und erntet dafür anerkennendes Kopfnicken. Nach einigen Songs und einer Zugabe wird er mit freundlichem Applaus entlassen.

Ein Kollege mit kurzem, schwarzem Haar und unsicherem Grinsen übernimmt das Mikrofon und zieht es an langer Leine in die Mitte des Raumes. Die Zuschauer weichen vor ihm zurück. Mit seltsam wehmütiger Stimme entschuldigt er sich dafür, dass er eigentlich gar nicht richtig singen könne. Auf Knopfdruck erklingen Instrumentalversionen bekannter Hits, er singt dazu und bewegt seine Hüfte, beides immer ein wenig neben dem Takt. Beim dritten Lied bleibt die CD hängen, er beginnt es noch einmal von vorn. Die meisten Zuschauer verlassen den Saal.

»So, und jetzt noch ein Lied. Ich singe so lange, bis keiner mehr da ist.«

Moby hat an einem Tisch neben der Tanzfläche Platz genommen. Man hat ihm aus dem Restaurant Essen gebracht. Er frisst seinen Teller mit dem Hunger eines Tieres leer, ohne dabei zu seinem Kollegen aufzublicken. Der traurige Sänger macht im Raum die Runde, er singt seinen Refrain jedem der verbliebenen Zuhörer einzeln ins Gesicht.

»Spar dir deine Tränen für jemand anders auf. Ich muss lachen, wenn ich dich weinen seh.«

Als er sich neben einen der Dorfjungs setzt, rutscht der angewidert einen Meter weiter nach rechts, als befürchte er, Homosexualität könnte ansteckend sein. Der Sänger bietet einen Anblick, der beschämt und traurig macht, aber ich kann mich nicht losreißen. Das Konzert nimmt kein Ende, nach einer Weile kehrt auch Moby an sein Pult zurück und musiziert dann gemeinsam mit seinem melancholischen Partner weiter.

»Das war unser letztes Lied«, sagt er irgendwann zur Erleichterung des Publikums, »nicht nur heute, sondern überhaupt, denn dieser Abend ist unser letzter gemeinsamer Auftritt.«

Die verbliebenen Zuschauer klatschen und ich mit ihnen.

»Also gut, dann machen wir noch eine Zugabe.«

Ich flüchte aus dem Schloss. Das Kutscherhaus ist immer noch fast leer. Vor dem Eingang stehen einige Gestalten um eine Tonne mit brennenden Holzscheiten, drinnen zündet Thorkil die Kerzen an. Nach und nach stolpern Gäste aus der Dunkelheit ins Innere, sie drücken sich in die Ecken, nur ein Dutzend Brandenburger nimmt auf den vorderen Bierbänken Platz. Die Musik im Schloss verstummt, das Konzert ist zu Ende. Thorkil klettert auf die Bühne und kündigt auf Englisch einen Abend der Poesie an.

»Der soll ma Deutsch reden!«, tönt es von vorn.

Thorkil fängt an, ein Gedicht vorzutragen. In die beklemmende Stille dringt nur das Gerede der Einheimischen.

»Eh, der is doch bescheuert oda was … zieh dir ma den Typen rein … komm los, wir haun ab, das is doch scheiße hier!«

Die Brandenburger verschwinden lachend wieder ins Freie, während Thorkil trübsinnig von der Bühne steigt. Ich löse ihn am Mikrofon ab. Und während ich um mein Leben lese, geschieht das Wunder: Wie auf göttlichen Befehl strömen plötzlich sämtliche Bewohner des Schlosses herein, füllen die Bänke und setzen sich auf den Boden. Auch die junge Mutter und ihr Kind aus dem Bus erkenne ich wieder. Und die Zuschauer, sie lachen und klatschen, während Thorkil und ich uns auf der Bühne abwechseln. Am Ende klopfen wir uns gegenseitig auf die Schultern. Wir haben gelesen, wo's weh tut – und gewonnen.

Nach der Lesung sitzen wir auf der Terrasse in der milden Luft der Sommernacht, mitten unter dem intellektuellen Lumpenproletariat Berlins, mit Flaschenbier und Selbstgedrehten. Während ich mich umschaue, wird mir mit einem Mal klar, dass mir dieser Moment als vollkommenes Glück in Erinnerung bleiben wird: ein Augenblick ganz ohne Mangel und Sehnsucht, ganz ohne Vergangenheit und Zukunft. Eine junge Frau mit schwarzem Haar setzt sich neben mich und schaut mir neugierig ins Gesicht. Sie trägt ein schwarzes Hemd mit fremdartigen, unverständlichen Schriftzügen darauf.

»Das hat mir gut gefallen, was ihr gemacht habt«, sagt sie.

»Danke«, erwidere ich.

»Willst du das für den Rest deines Lebens machen? Ich meine: so schreiben und lesen?«

»Ja«, sage ich und bin überrascht, dass ich nicht das Gefühl habe, zu lügen.

Während wir reden, versuche ich, die seltsamen Zeichen auf ihrem Hemd zu entziffern, aber ich erkenne nicht einmal die Sprache, in der sie geschrieben sind.

»Ich finde das wirklich mutig«, sagt sie. »Ich meine, so ganz ohne einen normalen Beruf leben zu wollen, wie es alle machen.«

»Ach, ich weiß nicht, vielleicht ist es auch feige«, sage ich. »Eine Möglichkeit, sich vor einer Entscheidung zu drücken.«

Die Menschen auf der Terrasse erheben sich und brechen in Richtung Wald auf. Ich schaue mich verwirrt um.

»Es wird noch ein Film gezeigt: *Tiger and Dragon* von Ang Lee«, erklärt mir Thorkil und wir folgen den anderen.

»Hast du dich in diese Schönheit verliebt?«, fragt er grinsend.

»Nein, das muss ich vermeiden«, sage ich. »Mein Therapeut hat mir geraten, mich von dunkelhaarigen Frauen fernzuhalten.«

Zwischen den Bäumen am Waldrand ist eine Leinwand aufgespannt. Auf Bänken nehmen die Bewohner des Schlosses Platz wie in einem Amphitheater. Als die Schauspieler die ersten Sätze sprechen, bricht Thorkil in Gelächter aus.

»Um Gottes Willen! Sag mir nicht, dass ihr Deutschen sogar

diesen Film synchronisiert habt! Die Chinesen werden jetzt die ganze Zeit Deutsch sprechen? Das geht doch nicht! No way!«

Der Film läuft eine Viertelstunde, dann schlafe ich ein. Ein paar Mal schrecke ich auf, sehe Krieger durch die Wüste reiten oder über nächtliche Dächer fliegen, bevor mir die Augen wieder zufallen. Als ich erwache, bin ich allein. Der Film ist aus. Ich folge schwachem Lichtschein und leisen Stimmen zurück und verschwinde in den dunklen Gängen des Schlosses.

Sieben Jahre später: Meine Liebste und ich balancierten auf einem Baumstamm und erreichten die Judith-Hermann-Insel. Wir waren allein.

»Es fühlt sich seltsam an, nach vielen Jahren an diesen Ort zurückzukehren«, sagte ich. »Es wird einem plötzlich klar, wie viel in der Zwischenzeit passiert ist, und auch wie wenig.«

»Und ist es noch genauso schön?«

»Ja. Aber man kann nicht zweimal in denselben Fluss steigen, sagt Heraklit.«

»Aber zwei können in denselben See springen«, sagte meine Liebste, zog sich aus und sprang ins Wasser.

Vom anderen Ufer winkten zwei Angler.

Ich zögerte einen Moment, dann folgte ich ihr.

Inhalt

Mein Widerstand 5
Kurze Geschichte der Liebe 8
Legende vom Türhüter 11
Von Schnecken und Menschen 17
Arbeit 22
Wieso ich kein Informatiker geworden bin 27
Der Stein der Weisen 31
Auf dem Rummel 34
Frühes Leid 38
AMOK! 41
Des Königs Wort 44
Die Blüte der Jugend. Eine Rede 48
Die Liebe in Zeiten des Förderns und Forderns 56
Demotivationsschreiben 61
Karikaturen 65
Nackt 69
Der Turmfortsatz 74
Mut zur Courage 79
Am Rand 88
Istanbul in der Krise 92
Im Gebirge 98
Die Lehren der Leere 103
Beim Friseur 106
Moralisches Fressen 109
Unentschieden 113
Einen Kopf kürzer 117
Verzweifelte Hausmänner 120
Begräbnis eines Fisches 123
Versuch über die Sinnlosigkeit 126
Lanke revisited 131

Michael Bittner wurde 1980 als Sohn der Arbeiterklasse in Görlitz geboren. Seine Kindheit verbrachte er in Diehsa (Oberlausitz). Er studierte Germanistik und Philosophie an der TU Dresden. Er lebt als Literaturwissenschaftler und Autor in Berlin. Er ist Autor der Dresdner Lesebühne *Sax Royal* und der Görlitzer Lesebühne *Grubenhund*, Co-Moderator des Dresdner *livelyriX Poetry Slams* und Mitorganisator von *LITERATUR JETZT!*, dem Festival zeitgenössischer Literatur in Dresden. Im Jahr 2010 erschien sein Buch *Ästhetischer Staat oder politische Kunst? Die Poetik Georg Büchners am Ende der Kunstperiode* im Thelem Verlag. Seit 2009 schreibt er jede Woche eine literarische Kolumne für das Magazin der *Sächsischen Zeitung*. **www.michaelbittner.info**

Einige der Texte des Buches erschienen in früheren Fassungen zuerst als Kolumne im Magazin der *Sächsischen Zeitung* sowie in der Anthologie *Sax Royal. Eine Lesebühne rechnet ab* (Verlag *Voland & Quist*).

Erstausgabe
© edition AZUR, Dresden 2013
www.edition-azur.de
Gestaltung: Kraft plus Wiechmann, Berlin
ISBN: 978-3-942375-10-8